Major
M. Roth
Profilerin

AF205809

Juergen von Rehberg

Major
M. Roth
Profilerin

Bibliografische Information der Deutschen National-bibliothek:
Die Deutsche Nationalbibliothek verzeichnet diese Publikation in der Deutschen Nationalbibliografie; detaillierte bibliografische Daten sind im Internet über http://dnb.dnb.de abrufbar.

Herstellung und Verlag: BoD – Books on Demand, Norderstedt

ISBN: **978-3-7504-6019-5**

Wer jemals tiefsten Schmerz empfindet,
und in sich birgt ein blutend` Herz,
zu Gipfeln höchsten Glückes findet;
denn wahres Glück entspringt dem Schmerz.
(K. Hoffmann)

Diese Worte standen auf einem Zettel, welcher den Opfern in den Mund gesteckt worden waren. Trotz eingehender Recherche ist es mir nicht gelungen, Näheres über die Herkunft dieses Sinnspruches in Erfahrung zu bringen…

Doch zunächst einmal zu meiner Person:

Ich heiße Maximiliane Roth, bin 41 Jahre alt und ledig. Meine Freunde und Kollegen nennen mich „Max", und meine Mutter nannte mich „Maxi". Das durfte und darf aber sonst niemand.

Ich bin von zwei liebenden Eltern erzogen worden. Mein Vater war bis zu seiner Pensionierung Lehrer an einem Gymnasium, und meine Mutter war Hausfrau.

Sie kam leider bei einem tragischen Unfall ums Leben. Ich war damals gerade 14 Jahre alt, als das passierte. Danach hat mich mein Vater – unter Mithilfe meiner Großeltern – großgezogen.

Leider ist er inzwischen an Demenz erkrankt und erkennt mich nur noch phasenweise. Ich besuche ihn, so oft es mir die Zeit erlaubt. Bedingt durch meinen Beruf – ach ja, das habe ich ja noch gar nicht erwähnt – ist es leider nicht oft genug.

Ich arbeite bei FEDPOL[1] als „Profilerin". Eigentlich ist das eine Berufsbezeichnung, die es in Wirklichkeit gar nicht gibt.

Zutreffender ist vielmehr die Bezeichnung „Fallanalytiker". Aber „Profilerin" hat sich nun einmal etabliert, obwohl man beim FBI, wo ich auch die Ausbildung genossen habe, von „criminal investigative analysis" spricht.

Die „echten Profiler" in Amerika sind erfahrene Polizisten, welche neben einer Fachhochschule noch ein Studium der Psychologie an der Universität absolviert haben.

Eine solche Ausbildung kann ich leider nicht vorweisen. Ein paar Lehrgänge und Fortbildungskurse, auch beim FBI in Quantico, mehr ist es nicht.

Aber mein großes Interesse und gründliches Studieren der Materie haben dazu geführt, dass ich schon zu diversen Erfolgen, was die Ergreifung von Straftätern betrifft, beitragen konnte.

Dass meine Kollegen meinen Namen schon seit Jahren englisch (Mäx) aussprechen, und auch von der fälschlich gebrauchten Bezeichnung „Profiler" nicht abweichen, damit habe ich mich schon abgefunden.

Es ist gut, dass meine Mutter das nicht mehr erlebt hat; sie hätte es auf gar keinen Fall gutgeheißen.

---

[1] FEDPOL – Schweizer Bundesamt für Polizei

Ich bin übrigens im Rang eines Majors, und einen Doktortitel in Psychologie habe ich auch noch. Doch jetzt muss ich Schluss machen, denn in Kürze beginnt die Besprechung im Konferenzraum.

*****

„Guten Morgen, Kollegen!"

Mit diesen Worten begrüßte Hauptmann Urs Burgener von der Kantonspolizei St. Moritz sein Team. Er nannte es „SOKO Burgener", was schon für sich allein aussagekräftig wäre, ebenso wie die Begrüßung, welche nur den männlichen Kollegen galt, obwohl zu der Gruppe drei weibliche Beamte gehörten.

Hauptmann Burgener war zweifelsohne ein gestandener Macho, was er anschließend noch verdeutlichte.

„Ich möchte euch Frau Roth vorstellen, die uns das FEDPOL aufs Auge gedrückt hat. Die glauben wohl da oben, wir sind zu dumm oder unfähig unsere Fälle selbst zu lösen."

Diese Worte sorgten für allgemeine Erheiterung. Es lachten zwar nicht alle; aber der eine oder andere wohl nicht aus Überzeugung, sondern vielmehr aus Angst.

Burgener, ein Mittfünfziger, hatte seine Truppe ganz offensichtlich fest im Griff, und irgendwelche „Eindringlinge" von außerhalb mochte er überhaupt nicht leiden.

Was er jedoch in diesem Augenblick nicht wissen konnte, war, dass „Frau Roth", wie er Maximiliane despektierlich genannt hatte, ihm mehr als nur gewachsen war. Sie zahlte es ihrem Kollegen in gleicher Münze heim.

„Grüß Gott, liebe Kolleginnen und Kollegen! Nachdem Ihrem Chef scheinbar die Kenntnis fehlt oder er nur bedingt dazu fähig ist, mich richtig vorzustellen, darf ich das nun selber tun:

Ich bin Major Dr. Maximiliane Roth und Ihnen bis auf Weiteres von FEDPOL zugeteilt worden. Und ich werde ab sofort die Leitung dieser SOKO übernehmen.

Wenn jemand – außer Hauptmann Burgener – ein Problem damit hat, so kann er es mir gern persönlich sagen. Im Übrigen bevorzuge ich die Anrede <Frau Major> oder <Frau Dr. Roth>.

Und noch etwas. Alle Berichte landen direkt auf meinem Schreibtisch, und nicht erst bei Ihrem Chef."

Es folgte erst einmal Schweigen, dann verstohlene Blicke, die unsicher hin- und herwanderten, um sich schließlich bei Hauptmann Burgener zu bündeln.

Dieser bekam einen hochroten Kopf und verließ dann wutschnaubend den Raum.

Maximiliane Roth war eine junge, schwarzhaarige Frau mit kurzen Haaren aufgefallen. Zum einen, weil sie eine der wenigen Personen war, die nicht Beifall zur Rede ihres Chefs geklatscht hatte, und zum anderen, weil sie der Profilerin gefiel.

„Kommen Sie bitte einmal zu mir", forderte Maximiliane die junge Frau auf, was diese auch umgehend tat.

„Wie heißen Sie?", fragte Maximiliane, und die junge Frau antwortete:

„Ich bin Leutnant Vreni Keller, Frau Major."

„Soso", erwiderte die Profilerin, *„so jung und schon ein Leutnant. Respekt, Vreni Keller!"*

Vreni Heller errötete leicht bei diesen Worten, was Maximiliane mit einem Lächeln quittierte.

„Sie sind ab sofort meine persönliche Assistentin, und Sie unterstehen ausschließlich mir. Haben Sie das verstanden?"

„Jawohl, Frau Major", antwortete Vreni Heller.

„Das ist gut, Leutnant Heller", sagte Maximiliane, *„dann wollen wir uns zunächst einmal meine Kommandozentrale einrichten. Das braucht es ja schließlich; oder?"*

„*Natürlich, Frau Major*", antwortete Vreni Heller beflissen und schaute ihren neuen Chef dabei leicht verunsichert an.

„*Dann zeigen Sie mir einmal einen brauchbaren Raum, Leutnant Vreni!*"

Als Vreni Heller nicht sofort darauf reagierte, fragte die Profilerin:

„*Was ist? Haben Sie keine Idee?*"

„*Doch, doch*", stotterte Vreni Heller, und es schien fast so, als wolle sie sich um eine Antwort herumdrücken.

„*Na dann vorwärts, Leutnant Vreni*", kam die fordernde Antwort der Profilerin, „*ich habe ja nicht ewig Zeit.*"

„*Dann folgen Sie mir bitte, Frau Major*", sagte Vreni Heller, „*ich werde Sie hinführen. Es ist schon etwas für Sie vorbereitet worden.*"

Was Major Dr. Maximiliane Roth wenig später zu sehen bekam, erklärte das zurückhaltende Gebaren ihrer persönlichen Assistentin.

Das für die Profilerin gedachte Büro hatte die Ausmaße einer Besenkammer und lag im Keller. Es passten gerade einmal ein kleiner Schreibtisch mit einer Lampe und ein Stuhl hinein.

„*Führen Sie mich zu Ihrem ehemaligen Chef!*"

Diese Aufforderung an Vreni Heller war kurz und schnörkellos und ließ erahnen, dass großes Ungemach für Hauptmann Urs Burgener drohte.

„Dass Sie ein Macho und Kotzbrocken par excellence sind, war mir sehr schnell bewusst; aber, dass Sie auch noch über einen sehr speziellen Humor verfügen, das hat mich doch ein wenig überrascht."

Das waren die unmissverständlichen Worte der Profilerin, welche sie in vollkommen ruhiger Manier und einem Lächeln Urs Burgener servierte.

Bevor dieser etwas erwidern konnte, fuhr die Profilerin fort:

„Aber wenn Sie glauben, dass ich eine humorlose Zone wäre, dann haben Sie sich gewaltig getäuscht."

Mit diesen Worten überreichte sie dem Hauptmann sein eigenes Namensschild, welches sie – vor Betreten des Raums - aus der Halterung vor der Tür entnommen hatte, und sagte:

„Nehmen Sie das gleich mit und bringen Sie es vor der Tür zu Ihrem neuen Büro im Keller mit. Ihr bisheriges Büro wird ab sofort meine Kommandozentrale.

Und wenn Sie das Bedürfnis verspüren sollten, sich auszuweinen, dann lesen Sie dieses Schreiben aufmerksam durch. Dort finden Sie – neben der Anweisung, mich in allen Belangen vorbehaltlos zu unterstützen - auch die Telefonnummer meines Chefs."

Jedes dieser Worte war wie ein Schlag ins Gesicht von Hauptmann Urs Burgener. Er brauchte alle Kraft, um nicht die Fassung zu verlieren.

Noch nie hatte ihn jemand dermaßen gedemütigt, und schon gar nicht eine Frau. Er schaute zu Leutnant Vreni Keller, die wie versteinert neben der Profilerin stand, und deren Herz gerade heftig pochte.

„Ich bin jetzt ca. für eine Stunde außer Haus, und wenn ich zurückkomme, haben Sie mein neues Büro geräumt."

Die Profilerin wandte sich danach an Vreni Heller und sagte:

„Kommen Sie, Leutnant Heller; wir haben noch etwas zu erledigen."

Die beiden Frauen verließen den Hauptmann, für den gerade eine Welt einzustürzen drohte.

„Hätten Sie Lust, mit mir einen kleinen Ausflug zu machen?", fragte die Profilerin ihre Assistentin, die noch immer damit beschäftigt war, das gerade eben Erlebte zu verdauen.

Vreni Heller schaute die Profilerin überrascht an und antwortete dann mit einem fast tonlosen *„Ja, Frau Major."*

*****

Der gleißende Sonnenschein tat den Augen fast weh, als die beiden Frauen in die Seilbahn von Pontresina einstiegen, um mit ihr hinauf zur Diavolezza-Hütte zu fahren.

Sie waren von St. Moritz in einer knappen Viertelstunde hierhergefahren. Vreni Heller war mehrmals versucht ihre Vorgesetzte nach dem Zweck der Fahrt zu fragen, brachte aber nicht den Mut dazu auf.

Als sie bei der Hütte angekommen waren, setzten sie sich an einen der Tische und bestellten etwas zu trinken.

„Waren Sie schon einmal hier oben?", fragte Maximiliane, und Vreni antwortete:

„Nein, Frau Major."

„Das ist schade, Vreni", fuhr Maximiliane fort und fügte hinzu:

„Wenn wir außerhalb der Diensträume sind, nenne ich Sie <Vreni> und Sie mich einfach nur Frau Roth. Ist das in Ordnung für Sie?"

„Jawohl, Frau Major; ich meine Frau Roth", antwortete Vreni etwas zögerlich.

„Ich liebe die Berge. Hier oben ist alles so leicht. Finden Sie nicht auch?"

Bevor Vreni darauf antworten konnte, deutete Maximiliane auf die Bergdohlen, die sich - nur ein paar

Schritte von ihnen entfernt – vom Wind sanft hin und her schaukeln ließen.

„Schauen Sie nur, wie leicht sich diese schwarzen Gesellen bewegen, beinahe mühelos…"

Vreni Heller sah ihre Begleiterin von der Seite an. Sie sah in ein Gesicht, das große Freude und Entspanntheit ausstrahlte, und sie begann in diesem Augenblick ihre Vorgesetzte zu mögen.

„Wieso waren Sie noch nie hier oben?", fragte Maximiliane, *„mögen Sie die Berge nicht?"*

„Doch, doch", antwortete Vreni, *„aber ich bin nicht von hier."*

„Von wo sind Sie dann?", fragte Maximiliane.

„Aus St. Gallen", antwortete Vreni.

„Und wie kommen Sie dann hierher?", fragte Maximiliane erstaunt.

„Mein Verlobter ist von hier", antwortete Vreni leicht errötend.

„Das ist natürlich ein guter Grund", erwiderte Maximiliane mit einem Lächeln, *„dann will ich Ihnen einmal erklären, was sich so Wunderbares vor unseren Augen auftut.*

Das ist die Berninagruppe. Dazu gehören der Piz Palü, der Piz Roseg und die Bellavista. Und natürlich der Piz Bernina selbst mit seinen 4049 Metern Höhe. "

„*Das ist unglaublich schön* ", erwiderte Vreni, „*vielen Dank, dass Sie mir das zeigen, Frau Major. "*

„*Frau Roth; bitte!* ", besserte Maximiliane ihre Begleiterin aus.

„*Tut mir leid, Frau Roth* ", entschuldigte sich Vreni, „*ich muss mich erst noch daran gewöhnen. "*

„*Ist schon gut* ", erwiderte Maximiliane, „*das wird schon. "*

Nach einigen Minuten des Bewunderns der atemberaubenden Landschaft und des gemeinsamen Schweigens, kam die Profilerin auf den eigentlichen Zweck ihres kleinen Ausflugs zu sprechen.

„*Ich habe eine große Bitte an Sie. Es ist mir nicht entgangen, dass Hauptmann Burgener den größten Teil der Kollegen auf sich eingeschworen hat. Ich möchte daher einen kleinen inneren Kern bilden, dem ich auch vertrauen kann.*

Und daher meine Bitte: Nennen Sie mir die Namen der Personen, welche dafür infrage kommen. "

Vreni Keller sah die Profilerin mit einem skeptischen Blick an; denn ihr war gerade nicht sehr wohl bei dem Gedanken.

Maximiliane hatte es bemerkt und sagte:

„Ich sehe, Sie haben Bedenken, was meine Bitte angeht. Das muss aber nicht so sein. Erinnern Sie sich doch nur daran, wie die Kollegen reagiert haben, als Hauptmann Burgener versuchte, mich lächerlich zu machen.

Sie und ein paar andere haben das nicht gutgeheißen, wofür ich Ihnen danke. Und jetzt muss ich wissen, auf wessen Loyalität ich bei der Arbeit zählen kann.

Ich brauche niemand, der meine Ermittlungen sabotiert und sie an Hauptmann Burgener hinter meinem Rücken weitergibt. Das verstehen Sie doch sicher, Vreni – oder?"

Die Worte von Maximiliane zeigten Wirkung bei Vreni, die jetzt mit einem klaren „JA" zustimmte. Danach nannte sie die Namen von vier Personen:

Adjutant Heinrich Gredler
Feldwebel Liselotte Menger
Wachtmeister Emilie Schneider
Wachtmeister Gustav Thoma

„Wunderbar, Vreni, das haben Sie gut gemacht. Morgen Früh bringen Sie mir diese Personen in mein Büro zu einer ersten internen Besprechung.

Und dann werden wir die Ermittlungen aufnehmen und uns dieses Scheusal in Menschengestalt schnappen.

Aber jetzt fahren wir erst einmal wieder hinunter ins Tal.

Und noch etwas: Was wir hier besprochen haben, bleibt zurück auf dem Berg. Vergessen Sie nicht, Sie sind meine persönliche Assistentin, und ich vertraue Ihnen. Enttäuschen Sie mich nicht, Leutnant Vreni!"

„*Niemals, Frau Major!"*, antwortete Vreni Keller, die gerade wieder vom „Vertraut-Modus" in den „Dienst-Modus" zurückgewechselt war.

*****

Es waren exakt die vier Personen, welche Leutnant Vreni Keller ihrer Vorgesetzten genannt hatte, welche zu der angesetzten Besprechung gekommen waren.

Major Roth begrüßte die kleine Gruppe mit den Worten:

„*Ich möchte Ihnen eine Frage stellen, und ich bitte Sie, mir ehrlich darauf zu antworten.*

Sind Sie willig, unter meinem Kommando die Er-mittlungen aufzunehmen und die Ergebnisse nur an mich – ich betone noch einmal – ausschließlich an mich weiterzuleiten?

Und sind Sie auch willig, das hier Gesprochene in diesem Raum zu lassen und an keinen anderen, ganz egal ob Vorgesetzter oder nicht, weiterzuleiten?

Wenn ja, dann heiße ich Sie im inneren Kreis der Ermittlung willkommen. Sollte aber jemand mit meinen Bedingungen nicht zurechtkommen, dann soll er das frei heraus sagen und den Raum dann verlassen.

Ich werde das respektieren und keinem nachtragen."

Die vier Kollegen sahen einander kurz an, und dann nickte einer nach dem anderen als Zeichen der Zustimmung.

„Das freut mich, Kollegen", sagte Major Roth und fügte hinzu:

„Leutnant Keller wird meine Stellvertreterin und Ihre direkte Ansprechpartnerin sein. Sie können aber trotzdem auch direkt zu mir kommen, wenn es nötig sein sollte.

Ich danke Ihnen allen. Und jetzt lassen Sie uns frisch ans Werk gehen. Sie wissen ja selbst; das Böse ruht nie."

*****

Die kommenden Tage verliefen mit dem Sammeln und Durchforsten von Material. Ausgangslage war die Annahme, dass es sich um einen Serientäter handelte.

Da bisher fünf Gewaltdelikte aktenkundig waren, welche immer dieselbe Vorgangsweise aufzeigten, hatte Major Roth jeden ihrer Mitarbeiter mit einem der vorliegenden Mordfälle beauftragt.

Leutnant Keller – Mordfall Beat Heizmann
Adjutant Gredler – Mordfall Paolo Zamperoni
Feldwebel Menger – Mordfall Reto Tobler
Wachtmeister Schneider – Mordfall Köbi Hütter
Wachtmeister Thoma – Mordfall Walti Sprenger

Major Roth hatte ihre Mitarbeiter angewiesen, sich auf Gewohnheiten und Umfeld der ermordeten Personen zu konzentrieren und ein umfangreiches Dossier darüber zu erstellen.

„Ich möchte alles wissen", schärfte sie ihren Kollegen ein, *„jede Kleinigkeit, und sei es scheinbar auch noch so unwichtig. Das fertige Dossier kommt dann auf meinen Schreibtisch, wo ich es analysieren werde. Gemeinsam werden wir dieses Schwein schon zur Strecke bringen."*

„Warum gehen Sie davon aus, dass es sich bei dem Täter um einen Mann handelt?", fragte Wachtmeister Emilie Schneider.

Major Roth schaute den Wachtmeister genau an, bevor sie darauf antwortete. Emilie Schneider war eine 27-jährige, hübsche, junge Frau mit einer sportlichen Figur. Sie trug einen Kurzhaarschnitt, der sie etwas burschikos erscheinen ließ.

„Seine Vorgangsweise, Emilie", antwortete Major Roth. *„Männer und Frauen haben verschiedene Vorgangsweisen, wenn sie einen Menschen ermorden."*

„Das weiß ich, Frau Major", erwiderte Wachtmeister Schneider, *„aber es könnte ja durchaus auch Kalkül des Täters oder der Täterin sein. Meinen Sie nicht auch?"*

Wachtmeister Gustav Thoma, der etwa zur gleichen Zeit zur Truppe kam wie Emilie, sah seine Kollegin mit einem vorwurfsvollen Blick an, so als wollte er sagen: *„Bisch vom Aff bbisse, meitli?[2]"*

Major Roth hatte die Reaktion von Wachtmeister Thoma bemerkt und sagte zu ihm gewandt:

„Ich finde es gut, dass Sie mitdenken. Das gefällt mir, und ich danke Emilie für diesen berechtigten Einwand."

Wachtmeister Thoma, der sich ertappt fühlte, lächelte verlegen und nickte leicht.

Major Roth wandte sich nun an Wachtmeister Schneider und sagte:

„Grundsätzlich haben Sie natürlich recht, Emilie. Aber in diesem speziellen Fall kann ich sagen, dass

---

[2] Bist du übergeschnappt, Mädchen?

meine bisherigen Studien mich zu dem Ergebnis ge-
bracht haben, dass es sich bei dem Täter um keinen
geistig höherstehenden Menschen handelt.

Und eine gewisse Portion Raffinesse wäre wohl
nötig, um so vorzugehen, wie Sie es als Möglichkeit in
Betracht gezogen haben.

Aber dennoch. Kommen Sie später in mein Büro,
dann werde ich Ihnen das noch näher erläutern. Den
anderen wünsche ich gute Jagd. Und denken Sie da-
ran, jede noch so kleine Kleinigkeit kann wichtig
sein."

Als Wachtmeister Schneider später das Büro von
Major Roth betrat, empfing sie Maximiliane mit den
Worten:

"Schön, dass Sie gekommen sind, Emilie. Setzen
Sie sich."

Emilie setzte sich. Sie war erstaunt, dass sie ihre
Vorgesetzte mit Vornamen ansprach. Und das auch im
Beisein der anderen Kollegen. Sie wusste gerade
nicht, ob sie das goutieren sollte oder nicht.

"Haben Sie Familie?"

Diese Frage nahm Emilie die Entscheidung augenblicklich ab. Ein leichtes Unbehagen befiel sie.

"Warum will sie das nur wissen?", ging es Emilie
durch den Sinn, und der Blick ihrer Vorgesetzten gegenüber, machte das klar erkennbar.

„*Sie wundern sich sicher über meine Frage*", löste Major Roth das Rätsel auf, was Emilie mit einem Kopfnicken bejahte.

„*Unser Beruf bringt ja doch gewisse Risiken mit sich*", fuhr Major Roth fort, „*und da ist es nicht unwesentlich, ob man Familie hat oder nicht. Da werden Sie mir doch sicher zustimmen, Emilie, oder?*"

Und wieder stimmte Emilie mit einem Kopfnicken zu.

„*Na, also*", sagte Major Roth, *"und? Haben Sie?*"

„*Ich bin alleinstehend und wohne noch bei meinen Eltern*", antwortete Emilie, immer noch etwas verunsichert.

„*Wie alt sind Sie, Emilie?*", fragte Major Roth, und die direkte Frage nach ihrem Alter ließ Emilies Verunsicherung weiter anwachsen.

„*Ich werde im November 28, Frau Major*", antwortete Emilie.

„*Na so was*", sagte Maximiliane, „*Sie sind Skorpion und ich bin Löwe. Da passen wir ja wunderbar zusammen.*"

„*Das stimmt nicht, Frau Major*", versuchte Emilie zaghaft zu widersprechen, „*ich bin Ende November geboren und gehöre schon zu den Schützen.*"

„*Und ob das stimmt, liebe Emilie*, sagte Maximiliane euphorisch, „*Löwe und Schütze; besser geht gar nicht.*

Ich habe das gleich bei unserer ersten Begegnung gespürt, dass zwischen uns etwas Besonderes ist. Finden Sie nicht auch?"

„*Ich weiß nicht…*", antwortete Emilie zögerlich.

„*Aber ja doch, Emilie*", beharrte Maximiliane, welche gerade einen gewaltigen Schub Sympathie für ihr jüngeres Gegenüber empfand.

Emilie durchlebte in diesem Augenblick einen wahren Gefühlstaumel. Es war das erste Mal, dass eine Frau ihr unverkennbar Avancen machte.

Sie fühlte eine leichte Errötung in ihrem Gesicht aufsteigen und ein eigenartiges Kribbeln regte sich in ihrem Bauch, welches sie zuvor noch nie empfunden hatte.

Zugegeben, sie hatte sich bisher noch nie zu Männern hingezogen gefühlt; aber andererseits auch nicht zu Frauen.

Eine übermächtige Unsicherheit machte sich bei Emilie breit. Sollte sie am Ende gar lesbisch sein?

„*Unsinn!*", sagte Emilie zu sich selbst, „*das wäre mir doch schon früher aufgefallen…*"

„Wieso wohnt eine so hübsche, attraktive und be-gehrenswerte Frau noch bei ihren Eltern?", erlöste Maximiliane die grüblerische Emilie, und als die nächste Frage auf sie einstürzte, *„ob sie denn nicht von der Männerwelt bestürmt werden würde"*, wurde für Emilie der Verdacht zur Gewissheit: Ich bin eine Lesbe.

„Ich möchte jetzt bitte gehen", sagte Emilie, und noch bevor Major Roth darauf eingehen konnte, verließ Wachtmeister Emilie Schneider den Raum mit erhöhtem Puls und einem wie wild pochenden Herzen.

*****

Es herrschte aufgeregte Stimmung, als sich die Gruppe um Major Roth zu ihrem ersten Brainstorming zusammenfand.

„Ich habe Ihre Dossiers gelesen, und ich muss sagen, Sie haben gute Arbeit geleistet."

Mit diesen Worten begrüßte Major Roth ihre Mitarbeiter.

„Leutnant Keller wird nun Kopien davon an Sie verteilen, und Ihre nächste Aufgabe wird sein, Gemeinsamkeiten der einzelnen Mordfälle zu suchen und zu finden.

Auf dieser Basis werden wir dann weiterarbeiten. Es gilt ein Profil des Mörders bzw. der Mörderin zu erstellen."

Bei diesem Satz wanderte der Blick von Major Roth zu Wachtmeister Schneider, begleitet von einem kleinen Zwinkern.

Emilie Schneider fühlte sich erröten. Sie hatte seit ihrem letzten Gespräch mit Major Roth versucht ihrer Vorgesetzten aus dem Weg zu gehen.

Die junge Frau schwankte zwischen Ablehnung und Neugier hin und her. Ihr Verstand sagte klar NEIN; aber sie erwischte sich immer öfter dabei, dass sie sich zu der älteren Frau hingezogen fühlte.

„Ich muss für ein, zwei Tage dienstlich nach Bern. Wachtmeister Schneider wird mich begleiten. In meiner Abwesenheit wird Leutnant Keller die Leitung übernehmen und mich auf dem Laufenden halten.

Das wäre alles für den Augenblick. Machen Sie sich an die Arbeit. Ich möchte Ergebnisse sehen, wenn ich wieder zurück bin."

Emilie wurde leicht schwindelig, als sie das hörte. Sie wartete, bis die anderen gegangen waren und ging dann zu Major Thoma.

„Warum soll ich Sie begleiten, Frau Major?", fragte Emilie vorsichtig.

„*Weil Sie mich fahren müssen, Wachtmeister*", antwortete Major Roth. „*Sie haben doch einen Wagen, oder?*"

„*Natürlich habe ich einen Wagen*", antwortete Emilie fast ein wenig trotzig und fügte keck hinzu:

„*Können Sie nicht Autofahren?*"

„*Natürlich kann ich Autofahren, Dummerchen*", antwortete Major Roth.

„*Und warum fahren Sie dann nicht selbst?*", wagte Emilie einen letzten Versuch.

„*Weil ich keinen Führerschein habe*", antwortete Major Roth.

Und als sie in das ratlose Gesicht von Emilie blickte, ergänzte sie noch schnell:

„*Er wurde mir für eine Weile entzogen, weil man mich erwischt hat, dass ich mit Alkohol gefahren bin. Genügt das jetzt oder wollen Sie noch mehr wissen?*"

Emilie schüttelte den Kopf und antwortete:

„*Nein, Frau Major.*"

„*Da bin ich aber erleichtert*", sagte Major Roth, „*gehen Sie jetzt nach Hause und packen Sie ein paar Sachen zusammen. In einer Stunde treffen wir uns wieder hier und dann fahren wir los.*"

„*Jawohl, Frau Major*", antwortete Emilie und verließ den Raum.

Maximilian Roth musste in diesem Augenblick daran denken, dass Emilie nicht die war, die sie vorgab zu sein.

Ihr ganzes Äußere und ihre Frisur spiegelten eine Person wider, die sie gar nicht war. Emilie war keineswegs tough. Emilie war ein bezauberndes, scheues Wesen, das man einfach gernhaben musste.

*****

Maximiliane Roth und Emilie Schneider waren gerade einmal eine knappe Viertelstunde unterwegs, als Maximiliane das – aus Sicht von Emilie wohltuende – Schweigen unterbrach.

„*Es war, als René mir per SMS das Ende unserer Beziehung mitgeteilt hat. Und das nach fast zwei Jahren.*"

Emilie war unsicher, wie sie auf diese Offenbarung reagieren sollte. Maximiliane nahm ihr die Entscheidung ab, indem sie fortfuhr:

„*Als ich in eine Alkoholkontrolle geriet, hatten die lieben Kollegen keinen Pardon, obwohl sie mich kannten und ich Ihnen den Grund für meinen, zu hohen Alkoholspiegel genannt habe.*"

„*Solidarität unter Männern*", sagte Emilie etwas voreilig.

„*Wieso sagen Sie so etwas?*", fragte Maximiliane, „*das verstehe ich nicht.*"

„*Na ja; Männer halten eben zusammen*", versuchte Emilie ihr Glück, was jedoch nicht den gewünschten Erfolg brachte.

„*Tut mir leid*", erwiderte Maximiliane, „*aber ich verstehe es noch immer nicht.*"

„*Nun; die Kollegen waren Männer, der Schuft, der Sie verlassen hat, ist auch ein Mann…*"

Emilie hoffte inbrünstig, ihre Mitfahrerin hätte nun endlich den Sinn ihrer Bemerkung erfasst.

„*René ist eine Frau…*"

Emilie erschrak, obwohl Maximiliane diese Worte mit sehr leiser Stimme gesagt hatte. Sie drehte sich ein wenig zu Maximiliane um; aber genug, um eine kleine Träne erkennen zu können, die sich mühsam den Weg über Maximilianes Wange bahnte.

Sie tat es mit viel Bedacht. Es schien fast so, als schämte sie sich ein wenig.

Emilie lenkte ihren Blick wieder auf die Fahrbahn und ein Gefühl des Mitleids beschlich sie. „*Ich werde aus dieser Frau nicht schlau*", dachte sie, und sie überlegte, was jetzt wohl opportun sein könnte, etwas Sinnvolles zu sagen.

Da ihr augenblicklich nichts Gescheites einfiel, beschloss sie, einfach zu schweigen.

„Sind Sie jetzt enttäuscht, Emilie?", fragte Maximiliane, *„oder vielleicht sogar ein wenig entsetzt?"*

„Weder das eine noch das andere."

Die Antwort von Emilie kam prompt, was beide Frauen gleichermaßen erstaunte.

„Das tut meiner Seele gut, Emilie", sagte Maximiliane nach einem kurzen Moment des Schweigens.

„Es bedeutet mir sehr viel, und ich danke Ihnen", fügte Maximiliane noch hinzu und legte ihre Hand auf den Unterarm von Emilie.

Emilie hielt das Lenkrad fest umschlossen; augenblicklich durch diese sanfte Berührung verunsichert.

Die Verunsicherung währte jedoch nur kurz, um unmittelbar danach in ein Gefühl der Wärme und Vertrautheit überzugehen.

Als sie die Stadtgrenze von Bern erreicht hatten, sagte Maximiliane:

„Wir fahren jetzt erst in die Rathausgasse, da habe ich eine kleine Stadtwohnung. Ich werde Ihnen den Weg ansagen.

Während ich das Dienstliche erledige, können Sie es sich dort ein wenig gemütlich machen. Sie können aber auch das Rathaus oder das Münster inzwischen anschauen oder einen Schluck aus dem Gerechtigkeitsbrunnen nehmen.

Waren Sie überhaupt schon einmal in Bern?"

„*Nein*", antwortete Emilie, der gerade wieder einmal die Felle davon zu schwimmen drohten.

„*Na prima*", erwiderte Maximiliane, „*wenn wir angekommen sind, gebe ich Ihnen die Wohnungsschlüssel. Dritter Stock, ganz oben, mein Name steht an der Tür.*

Und wie gesagt: Ruhen Sie sich ein wenig aus oder erkunden Sie die Gegend. Ich werde in ca. zwei Stunden wieder zurück sein."

„*Und wie kommen Sie in die Dienststelle?*", fragte Emilie, worauf Maximiliane mit einem Augenzwinkern antwortete:

„*Seit sie mir den Lappen weggenommen haben, fahre ich mit den Öffis. Das ist schneller und weniger anstrengend."*

Emilie parkte den Wagen nur wenige Meter entfernt von Maximilianes Wohnung. Als Maximiliane sich in Richtung Tram[3] verabschiedet hatte, begab sich Emilie in die Wohnung.

Die Wohnung von Maximiliane erwies sich als ein Loft mit einer kleinen Terrasse.

Vorzimmer, Küche, Bad, Schlafzimmer und ein kleines, intimes Wohnzimmer mit einer Schlafcouch waren sinnvoll angeordnet und liebevoll eingerichtet.

Emilie war überrascht, als sie das Loft betrat. Sie ging auf die kleine Terrasse hinaus und gab sich dem herrlichen Blick über die Stadt hin.

Nicht weit entfernt und gut sichtbar, entdeckte sie das Münster mit seinem mächtigen und zugleich höchsten Kirchturm der Schweiz.

Emilie fragte sich, wie sich Maximiliane das leisten konnte. Die Miete musste doch exorbitant hoch sein bei der Lage des Lofts.

Sie ging zurück in das Innere und sah sich im Wohnzimmer etwas genauer um. Eine Musiktruhe, wie man sie aus den 50-ern kannte, war das Schmuckstück der Wohnung.

Emilie betrachtete sie etwas genauer und auch die dazu gehörende Plattensammlung. Die Diversität überraschte sie ein wenig. Neben mehreren Platten mit russischer Volksmusik und französischen Chansons

---

[3] Bezeichnung für die Straßenbahn in der Deutschschweiz

bekannter Künstler stand ein Karton mit Platten von Countrymusik.

Emilie spielte einen Augenblick mit dem Gedanken eine Platte aufzulegen, verwarf diesen aber sofort wieder.

Stattdessen wandte sie sich lieber der Couchecke zu, welche förmlich zum Ausruhen einlud. Die Fahrt war ja doch ein wenig anstrengend gewesen.

Als sie es sich gerade auf der Couch gemütlich gemacht hatte, entdeckte Emilie, neben dem Fernsehapparat stehend, eine Fotografie.

Emilie stand noch einmal auf, um die Fotografie näher zu betrachten. Sie zeigte eine wunderschöne Frau mit einem betörenden, lasziven, ja beinahe fordernden Blick.

Obwohl Emilie nicht wissen konnte, um wen es sich auf dem Bild handelte, wusste sie sofort, wer es war. Die Frau auf dem Bild war René.

Emilie fragte sich, warum Maximiliane dieses Bild nicht entfernt hatte, obwohl René ihr so weh getan hatte.

Und da Emilie ihren Blick nur schwer von dem Bild abwenden konnte, schien ihr die Antwort auf diese Frage naheliegend: *„Diese Frau hatte die Gabe, andere Menschen in ihren Bann zu ziehen."*

Emilie legte sich wieder auf die Couch, und schon nach wenigen Atemzügen war sie eingeschlafen.

*****

„Du bist schon da?"

Emilie war das DU förmlich herausgerutscht, als Maximiliane sie sanft an der Schulter gerüttelt hatte.

„Ja, Liebes", antwortete Maximiliane, *„es ging doch schneller, als ich erwartet hatte."*

„Entschuldigung wegen vorhin", stammelte Emilie, *das DU ist mir versehentlich entglitten."*

„Du musst dich nicht entschuldigen, Liebes", antwortete Maximiliane, *„lass uns gern dabeibleiben."*

Als Emilie versuchte, sich dagegen zu wehren, ergänzte Maximiliane: *„Nichts da; ich bin die Maxi. Und damit basta!"*

„Fahren wir jetzt wieder zurück?", fragte Emilie.

„Aber nein, Liebes", antwortete Maximiliane, *„wo denkst du hin? Wir stellen erst noch die Stadt auf den Kopf. Ich zeige dir zuerst mein Bern, und am Abend gehen wir ins <Eldorado>, Berns angesagtesten Klub."*

Und so geschah es dann auch. Sightseeing mit einer kundigen Führerin, danach gut essen und am Abend Halligalli im „Eldorado".

Emilie war nicht wirklich überrascht, als der Türsteher Maximiliane nicht nur erkannte, sondern sie auch mit Küsschen rechts und links begrüßte.

Das Erkanntwerden ging im Inneren des Klubs lustig weiter. Bald jeder zweite Besucher begrüßte Maximiliane, was Emilie ein wenig verunsicherte.

„Kommst du öfter hierher?", fragte sie, und Maximiliane antwortete:

„In letzter Zeit nicht mehr; aber früher mit René schon."

Was noch vor ein paar Stunden schmerzhaft schien, nämlich die Erwähnung von Renés Namen, schien jetzt nicht mehr so zu sein.

Wahrscheinlich war es die Atmosphäre, welche die Besucher umfing und die Musik, welche lautstark aus den Verstärkern quoll.

„Was möchtest du trinken. Liebes?", fragte Maximiliane, und Emilie antwortete:

„Ich nehme das Gleiche wie du."

Das DU ging Emilie leicht über die Lippen, und die Bezeichnung „Liebes" begann ihr allmählich sogar zu gefallen.

Emilie, die anfänglich befürchtet hatte, Maximiliane könnte sie in einen Lesben-Klub verschleppen, war fast ein wenig enttäuscht, dass dem nicht so war.

Es war ein ganz gewöhnlicher Hetero-Schuppen, in welchem sich jedwede Spezies sexueller Ausrichtung tummelte.

Emilie hätte zu gern in die ihr völlig fremde Welt, nur ein wenig hineingeschnuppert.

„Gefällt es dir, Liebes?", drängte sich Maximiliane in Emilies Gedanken, und Emilie antwortet aus vollem Herzen: *„Sehr, liebe Maxi!"*

Das hatte zur Folge, dass Maxi ihr unvermittelt einen Kuss auf den Mund drückte.

„Das freut mich, Liebes. Lass uns an die Bar gehen und einen Caipi[4] schlürfen."

Maxi nahm die völlig überraschte Emilie an der Hand und zog sie hinter sich her in Richtung Bar.

„Zwei Caipis, Marcel; aber pronto!"

Emilie war nicht wirklich überrascht, als der Mann hinter dem Tresen lächelnd antwortete:

„Hi Maxi, kommt sofort!"

---

[4] Kurzbezeichnung für Caipirinha (ein aus Brasilien stammender Cocktail aus Limettensaft, Zucker und Eis.

Maxi nahm einen kräftigen Zug aus ihrem Glas. Dann nahm sie Emilie wieder fest bei der Hand und mit einem *„Komm, lass uns tanzen"*, schleppte sie Emilie auf die Tanzfläche.

Emilie hatte zunächst Hemmungen, sich den ekstatischen Bewegungen von Maxi anzuschließen, legte diese aber sehr schnell ab.

Und dann versanken beide in einem Strudel völliger Losgelöstheit. Der Abend verging in einem ständigen Wechsel von Caipirinhas und Tanz.

Als sie lange nach Mitternacht das „Eldorado" verließen, waren sie völlig nassgeschwitzt und erschöpft.

„Jetzt brauche ich eine Wanne", sagte Maxi, als sie zuhause angekommen waren.

Sie begann sich auszuziehen, und als sie nackt war, fragte sie Emilie:

„Was ist mit dir? Kommst du nicht mit? Du wirst sehen, das ist herrlich."

Emilie betrachtete den Körper der Frau, die sich ohne jede Scham gerade vor ihr ausgezogen hatte. Maximilianes Körper ließ erkennen, dass er Sport gewöhnt war.

Ein flacher Bauch und zwei wohlgeformte Brüste starrten Emilie entgegen. Als Emilies Blick weiter hinunter wanderte, um an Maxis Venushügel hängen zu bleiben, fing sie an, wie von Zauberhand geleitet, sich zu entkleiden.

Was dann folgte, war ein einziger Rausch. Maximilianes Mund und ihre Hände entfachten in Emilies Körper einen Reigen der Lustbarkeit, welcher – nach dem Bad in der Wanne – wenig später im Bett ihren Höhepunkt fand.

Maximiliane war vor Emilie aufgestanden und hatte auf der kleinen Terrasse schon für das Frühstück gedeckt.

„Guten Morgen, mein Schatz!"

Mit diesen Worten begrüßte sie Emilie, welche, in einen Morgenmantel gehüllt, den ihr Maxi bereitgelegt hatte, gerade heraustrat.

„Guten Morgen, Maxi!"

Emilie beließ es bei einer neutralen Begrüßung. Sie hatte in der Nacht noch lange wach gelegen. Zum einen, weil sie viel zu aufgewühlt war, um schlafen zu können, und zum anderen, weil sie versuchte Ordnung in ihre wirren Gedanken zu bringen.

Es waren nur wenige Stunden her, da war sie noch eine einfache, junge Frau, auf der Suche nach sich selbst - und jetzt?

„War das alles nur ein Irrtum? Oder war sie doch eine Lesbe, die das all die Jahre nur verdrängt hat? Fragen über Fragen und keine Antwort."

„Was ist mit dir?", fragte Maximiliane, welche die Stimmung von der Emilie gefangen zu sein schien, bemerkt hatte.

„Ist dir nicht wohl? Hast du nicht gut geschlafen?"

„Doch, doch", antwortete Emilie hastig, *„es war wohl etwas zu viel gestern..."*

„Meinst du damit alles oder nur den Alkohol?", fragte Maximiliane süffisant.

Emilie fühlte sich durch diese Frage in eine Ecke gedrängt, aus der wieder herauszukommen ihr schwierig schien.

„Lass mir bitte Zeit", antwortete Emilie, *„das ist alles so neu für mich."*

„Natürlich, du Liebe", antwortete Maximiliane, *„das verstehe ich. Nimm dir all die Zeit, die es braucht.*

Aber jetzt setz dich erst einmal nieder und lass uns frühstücken. Du wirst sehen, danach siehst du schon viel klarer.

Kaffee oder Tee?"

Mit dieser Frage verschaffte Maximiliane ihrer neuen Geliebten erst einmal wieder Raum zum Atmen, und Emilie war ihr sehr dankbar dafür.

Beide Frauen hatten sich für Kaffee entschieden. Das Frühstück verlief großteils schweigend.

„Darf ich dich etwas fragen?", unterbrach Emilie das Schweigen.

„Aber sehr gern doch", antwortete Maximiliane, *„alles, was du möchtest, Liebes."*

Emilie berührte es, dass Maximiliane sie wieder „Liebes" nannte und nicht mehr „Schatz". Das Wort „Liebes" verschaffte ihr ein wenig Distanz, die ihr guttat, und die ihr auch Zeit verschaffte.

„Was ist mit den Platten im Karton?"

„Die gehören René", antwortete Maximiliane. *„Sie hat sie noch nicht abgeholt."*

„Magst du diese Art von Musik?", fragte Emilie.

„Ich mochte sie, so lange René bei mir war", antwortete Maximiliane, *„aber jetzt mag ich sie nicht mehr so sehr.*

Wie ist das bei dir?"

„Auch nicht wirklich. Die andere Musik von dir ist mir lieber."

„Das freut mich", erwiderte Maximiliane. *„Ich liebe die Franzosen; aber mehr noch die Russen mit ihren wunderschönen Liedern."*

„*Hast du einen speziellen Liebling?*", fragte Emilie, und Maximiliane antwortete:

„*Kann ich dir gar nicht sagen. Da müsste ich erst nachdenken. Was ich mag, das sind die ganz tiefen, wuchtigen Bässe und im Gegensatz dazu die scheinbar mühelosen Höhen.*

Das kommt mir vor, als wehte ein heftiger Sturm, der ein Blatt vom Boden aufnimmt und es gen Himmel herumwirbelt, bis man es fast nicht mehr sehen kann."

Emilie sah Maximiliane an. Sie sah in ihre Augen, die geradezu zu leuchten begonnen hatten, als sie das eben sagte.

Die Gefühlstiefe von Maximiliane drang tief in die Seele von Emilie ein. Sie stand auf, ging zu Maximiliane und küsste sie.

„*Ich glaube, ich habe mich in dich verliebt*", sagte sie, während sie Maximilianes Gesicht sanft zwischen ihren Händen hielt.

Maximiliane begann zu weinen.

„*Ich hatte solche Angst, dass es beendet wäre, bevor es noch richtig begonnen hat*", sagte Maximiliane schluchzend.

„*Das brauchst du nicht, mein Liebstes*", erwiderte Emilie, „*es geht weiter, und ich freue mich schon sehr darauf.*"

Bevor sich die beiden Frauen etwas später auf die Rückfahrt begaben, sagte Maximiliane:

„Hier in diesen Mauern sind wir Maxi und Mimi."

„Wieso Mimi?", fragte Emilie erstaunt, und Maximiliane antwortete:

„Du kennst doch die Oper <La Bohème> von Puccini."

„Ja", sagte Emilie, *„ein wenig."*

„Gut", fuhr Maximiliane fort. *„Da bringt Mimi, die Näherin, Licht und Wärme in das Leben des Dichters Rodolfo.*

Und du bist meine Mimi, die mir wieder Lebensfreude einhaucht, und ich bin der bis dahin unglückliche Rodolfo. Verstehst du, was ich meine?"

„Ja; schon", antwortete Emilie, *„aber stirbt Mimi nicht am Ende?"*

„Nur in der Oper; nicht bei uns", antwortete Maximiliane, *„und überhaupt; du sagtest doch, du kennst die Oper nur ein bisschen..."*

Beide Frauen lachten.

„Also noch einmal: Hier sind wir Maxi und Mimi. Und im Dienst sind wir Major Roth und Wachtmeister Schneider. Ist das für dich in Ordnung, geliebte Mimi?"

„*Völlig, Frau Major Roth*", antwortete Emilie, „*und jetzt gib deiner Mimi einen Kuss, damit wir endlich losfahren können.*"

Maximiliane wollte schon die Tür hinter sich zu ziehen, als sie noch einmal zurück in die Wohnung ging.

Sie nahm den Rahmen mit dem Bild von René, öffnete ihn und entfernte die Fotografie. Dann wandte sie sich zu Emilie, hielt ihr den leeren Rahmen entgegen und sagte:

„*Wenn wir nächstes Mal wieder hierherkommen, möchte ich, dass du ein Bild meiner großen Liebe Mimi hineintust.*"

„*Das mache ich sehr gerne*", antwortete Emilie, „*aber jetzt komm endlich und lass uns fahren.*"

Was Emilie selbst nicht auffiel, war Maximiliane nicht entgangen. Als sie am Tag zuvor herkamen, war Emilie ein eher schüchternes, zurückhaltendes Wesen. Als sie jetzt aber zurückfuhren, saß neben Maximiliane eine junge Frau am Steuer, die ihren Weg gefunden hatte.

*****

„Ich hatte nur kurz Gelegenheit, Ihre Dossiers zu studieren; bin aber trotzdem zu einigen Erkenntnissen gekommen. "

Mit diesen Worten eröffnete Major Roth die morgendliche Besprechung.

„Bevor ich diese Ihnen jedoch eröffne, würde ich gern Ihre Meinungen dazu hören.

Adjutant Gredler, wollen Sie bitte den Anfang machen? "

Der Adjutant räusperte sich kurz. Es schien, als fühle er sich nicht wohl in seiner Rolle als Vortragender. Er räusperte sich wiederholt und sagte dann:

„Ich gehe mit der Frau Major konform, dass es sich um einen Mann als Täter handelt.

Der Ermordete, Paolo Zamperoni, war ein Mann von über hundert Kilogramm. Ich kann mir überhaupt nicht vorstellen, dass eine Frau ihn ermordet hat.

Und es deutet ganz offensichtig darauf hin, dass es sich um einen Serientäter handelt. "

„Vielen Dank, Adjutant", sagte Major Roth, sah die anderen Kollegen reihum an und fragte dann:

„Möchte jemand etwas zu den Ausführungen von Adjutant Gredler etwas sagen? "

„*Ja, ich*", kam spontan die Antwort von Wachtmeister Schneider.

„*Bitte, Emilie!*", erwiderte Major Roth, und die Art, wie sie das sagte und wie sie Emilie dabei ansah, löste bei Emilie die ärgsten Befürchtungen aus.

„*Mein Gott*", dachte sie, „*hoffentlich bemerkt keiner, dass wir ein Liebespaar sind.*"

Ein feines Lächeln, das in diesem Augenblick ihre Mundwinkel umspielte, sagte hingegen:

„*Na, wenn schon. Was ist schon dabei. Wir lieben uns. Und das ist wunderbar und kann auch jeder wissen.*"

„*Wachtmeister Schneider, Sie wollten etwas sagen?*", holte Major Roth Emilie in die Wirklichkeit zurück.

„*Sorry*", sagte Emilie, „*ich finde nur, dass sehr wohl eine Frau als Täter infrage kommt. Was ist, wenn sie ihre Opfer erst vergiftet und dann ermordet?*"

Major Roth konnte ein Lächeln nicht unterdrücken.

„*Das hatten wir doch schon, Emilie*", sagte sie, „*und außerdem konnte bei den Opfern kein Gift nachgewiesen werden.*"

Emilie dachte nicht im Traum daran, klein beizugeben.

„Ist es aber nicht so, dass es Gifte gibt, die nur sehr schwer oder gar nicht nachgewiesen werden können?"

Major Roth wartete einen Moment, bevor sie antwortete. Sie sah Emilie an, und sie wünschte sich, sie könne einfach nur hingehen und ihren Liebling in die Arme nehmen.

„Das ist richtig", antwortete Major Roth, *„und um das leidige Thema zu beenden, lasse ich ab sofort die Möglichkeit zu, unser Täter könnte auch eine Frau sein. Zufrieden Emilie?"*

„Ich wollte doch nur..."

„Es ist gut, Emilie; danke!"

Der jetzt etwas harschere Ton von Major Roth veranlasste Emilie auf „stand by" zu gehen.

„Wer möchte noch etwas dazu sagen?"

Das kurze verbale Scharmützel zwischen Major Roth und Wachtmeister Schneider veranlasste die restlichen Kollegen, sich in vornehmer Zurückhaltung zu üben.

„Gut", sagte Major Roth, *„dann sage ich noch kurz etwas dazu:*

Erstens: Da wäre zunächst einmal dieser Sinn-spruch von K. Hoffmann, der den Opfern in den Mund gesteckt worden ist.

Was mag das wohl bedeuten? Will uns der Täter, Schrägstrich die Täterin, damit eine Botschaft übermitteln?

Wenn ja, wie könnte die Botschaft lauten?

Zweitens: Vier der Opfer waren etwa im gleichen Alter; aber Paolo Zamperoni fällt aus diesem Raster heraus. Er war wesentlich älter.

Drittens: Die Opfer sind alle männlich. Deutet das etwa auf die Schwulenszene hin?

Und viertens: Schauen Sie auf die Karte, die ich für Sie aufgehängt habe. Es fällt auf, dass die Morde an den - in etwa gleichaltrigen Opfern - geografisch auf einer Linie liegen. Es ist wieder Paolo Zamperoni, der aus dem Raster fällt.

Können wir daraus etwas ableiten?"

Als Major Roth fertig mit ihren Ausführungen war, schaute sie in fünf ratlose Gesichter. Eines davon war etwas blass.

Wachtmeister Emilie Schneider war heftig zusammengezuckt, nachdem Major Roth das Wort „Schwulenszene" ausgesprochen hatte.

„Sie sehen, liebe Kollegen, es gibt viele Fragen, die auf eine Antwort warten", fuhr Major Roth fort.

„Ich möchte, dass wir gemischte Zweierteams bilden, die an den jeweiligen Ort des Geschehens fahren und gründlich recherchieren.

Es muss noch mehr geben, als das, was in den Akten steht.

Adjutant Gredler und Feldwebel Menger bilden Team eins.

Leutnant Keller und Wachtmeister Thoma bilden Team zwei.

Und ich bilde mit Wachtmeister Schneider das Team drei.

Team eins recherchiert in Zürich, Team zwei in St. Gallen. Leutnant Keller kommt ja ursprünglich aus St. Gallen. Das ist ein Vorteil, den wir nützen sollten.

Ich werde mit Wachtmeister Schneider nach Lausanne fahren. Luzern lassen wir zunächst einmal offen.

Bitte, nehmen Sie sich die Zeit, die Sie brauchen, und seien Sie gründlich. Wir dürfen nichts; aber auch gar nichts übersehen.

Sie können selbstverständlich an Ort und Stelle auch übernachten. Es muss ja nicht das teuerste Hotel sein. Und natürlich in Einzelzimmern. Sie befinden sich ja schließlich nicht auf Hochzeitsreise. Oder?"

Der letzte Zusatz war ursprünglich als Scherz gemeint; verfehlte aber beinahe seine Wirkung.

Die bisher an den Tag gelegte Strenge von Major Roth hielt die Anwesenden für einen kurzen Moment davon ab, angemessen zu reagieren.

Erst das Grinsen in Major Roths Gesicht ermutigte ihre Kollegen dann doch noch zu einem, zumindest verhaltenen Lachen.

*****

Feldwebel Liselotte, Lilo Menger war eine gestandene Frau, deren Größe und Gewicht etwas aus der Norm fielen.

Sie war lebensbejahend, der Ehe abgeneigt, nicht jedoch lustfeindlich und mit beiden Beinen fest auf dem Boden.

„Was ist los mit dir, Heini?“, fragte Lilo ihren Kollegen Heinrich Gredler, der am Steuer saß, den Blick fest auf die Fahrbahn gerichtet, und scheinbar in sich ruhend.

Weil das jedoch eher untypisch für ihn war, und die Fahrt schon eine geraume Weile andauerte, sah sich Lilo Menger veranlasst, ihren jüngeren Kollegen zu fragen.

Heinrich Gredler war zwar im Rang über Lilo, aber das war nicht von Bedeutung. Die beiden kannten sich gut, und Lilo war auch schon bei Heinrich zuhause.

„Ärger im Paradies?", fragte Lilo süffisant und fügte hinzu:

„Oder hat dir Klein-Leo wieder einmal den Schlaf geraubt?"

Leo Gredler war der jüngste Spross in der Familie, und gerade in einem Alter, wo das Zähne Bekommen gern schon einmal Probleme macht.

Heinrich Gredler antwortete nicht. Er starrte weiter geradeaus auf die vor ihm liegende Fahrbahn.

„Also sag schon, wo drückt der Schuh?", sagte Lilo, *„du weißt ja; ich lass dir keine Ruhe, bis du es mir sagst."*

Heinrich wandte kurz seinen Kopf zu Lilo, wartete noch einen Moment lang und antwortete dann:

„Wie findest du Major Roth?"

Lilo wollte schon antworten: *„Indem ich sie suche"*, unterließ es aber, nachdem sie den ernsten Gesichtsausdruck bei Heinrich entdeckt hatte.

„Gut", antwortete Lilo, *„mir gefällt der Major ausgesprochen gut."*

Heinrich Gredler reagierte nicht darauf.

„Wieso fragst du mich das?", sagte Lilo weiter, die sowohl die Art, wie Heinrich die Frage stellte, als auch die Frage an sich beunruhigte.

„Nur so", antwortete Heinrich, was bei Lilo jedoch überhaupt nicht funktionierte.

„Quatsch", kam postwendend die Antwort von Lilo, *„das kannst du deiner Grosi[5] erzählen; aber nicht mir. Also raus mit der Sprache. Was hat es mit dem Major auf sich?"*

Heinrich Gredler fühlte sich unwohl. Einerseits wollte er gern loswerden, was ihn beschäftigte; aber andererseits scheute er sich davor.

„Hat das vielleicht etwas mit dem Burgener zu tun?", insistierte Lilo.

Die Tatsache, dass sie Hauptmann Burgener, nicht als Urs benannte, obwohl die Kollegen unter sich alle per DU waren, zeugte von ihrer Ablehnung ihrem Vorgesetzten gegenüber.

„Hast du ihm etwa von unserer Arbeit erzählt?", ging Lilo einem Verdacht nach, der sie augenblicklich bedrängte.

---

[5] Schweizerdeutsch für Großmutter

„Nein", antwortete Heinrich halbherzig, was Lilo veranlasste, mit schroffer Stimme ihre Frage zu wiederholen.

„*Ich frage dich noch einmal Heini; hast du oder hast du nicht?*"

„*Habe ich nicht!*", gab Heinrich ebenso schroff zurück. „*Er hat mich zwar gefragt; aber ich habe ihm nichts gesagt.*"

„*So ein Sauhund*", sagte Lilo in der ihr eigenen Art, „*es muss ihn ordentlich fuchsen, dass er außen vorgelassen wird.*"

Heinrich sagte nichts. Er wandte sich wieder der Straße zu.

„*Also, mein Lieber*", bohrte Lilo weiter, „*jetzt aber mal die Karten auf den Tisch. Warum hast du mich nach dem Major gefragt?*"

„*Lass es einfach, Lilo*", antwortete Heinrich, „*ich muss mich aufs Fahren konzentrieren.*"

Lilo kannte Heinrich zu gut, um zu wissen, dass die Konversation gerade ihr abruptes Ende gefunden hatte.

Als sie wenig später das Ziel ihrer Fahrt erreicht hatten, führte sie ihr Weg direkt ins Amtshaus I, den Sitz der Dienststelle von der Stadtpolizei Zürich.

*****

Akte Reto Tobler

Reto Tobler, 36 Jahre alt, wohnhaft in Zürich, verheiratet, 3 Kinder (14, 12, 9 Jahre), Bankangestellter.

Reto Tobler wurde am 29. Januar in Uitikon, ca. 6 km außerhalb von Zürich tot aufgefunden. Hände und Füße waren mit Kabelbinder gefesselt.

Der Tote lag in einem kleinen Wäldchen, wo er von Spaziergängern gefunden wurde.

Ihm Mund des Toten befand sich ein Zettel, auf welchem ein Spruch geschrieben stand.

Wer jemals tiefsten Schmerz empfindet,
und in sich birgt ein blutend` Herz,
zu Gipfeln höchsten Glückes findet;
denn wahres Glück entspringt dem Schmerz.
(K. Hoffmann)

Die Todesursache war Strangulation, vermutlich mit einem Gürtel.

Abwehrspuren konnten keine festgestellt werden. Es gab auch sonst keine feststellbaren Verletzungen am Körper des Ermordeten.

Fremd-DNA konnte keine gefunden werden.

Die bisherigen Ermittlungen führten noch zu keinem Ergebnis.

*****

Oberst Bruno Odermatt begrüßte Adjutant Gredler und Feldwebel Menger mit den Worten:

„Was treibt Sie beide in mein Revier? Glaubt man bei der Fedpol Bern, wir wären nicht fähig, die bösen Buben selber zu fangen?"

Liselotte Menger und Heinrich Gredler sahen sich verständnislos an. Der Oberst lächelte und fügte hinzu:

„Entspannen Sie sich, Kollegen. Das war nur ein Spaß. Ich bin über alles informiert, und ich bin froh, dass Sie sich nun mit dem Fall herumschlagen werden."

„Vielen Dank, Herr Oberst", sagte Liselotte, *„ich hoffe, Sie werden uns dennoch dabei unterstützen."*

„Aber natürlich, verehrte Kollegin", antwortete Oberst Odermatt, *„wenden Sie sich vertrauensvoll an mich, wenn Sie etwas benötigen."*

„Das ist sehr freundlich von Ihnen, Herr Oberst", erwiderte Liselotte, der nicht entgangen war, dass eine gewisse Begehrlichkeit – bezogen auf ihre Person – im Blick des Herrn Oberst lag.

„Haben Sie schon eine Unterkunft?", fragte der Oberst, *„ich gehe einmal davon aus, dass Sie uns längere Zeit beehren werden."*

„Haben wir, Herr Oberst", schaltete sich jetzt Adjutant Heinrich Gredler ein, war er doch im Rang

höherstehend, als Feldwebel Liselotte Menger, *„das wurde von unserer Dienststelle vorab schon arrangiert. Und was die Dauer unseres Aufenthaltes angeht, so wird es so lange dauern, wie es nötig ist."*

„Dann wäre ja alles geklärt", erwiderte Oberst Odermatt, der seinen Blick keine Sekunde lang von Feldwebel Liselotte Menger abgewandt hatte, sehr zum Verdruss ihres Kollegen, Adjutant Gredler.

Nicht, dass er etwa ein persönliches Interesse an Liselotte gehabt hätte; aber die Ignoranz seiner Person durch den Oberst Odermatt, der Liselotte mit seinen Augen förmlich verschlang, ärgerte ihn schon ein wenig.

„Ich werde jetzt Wachtmeister Müller bitten, Ihnen den Arbeitsplatz zu zeigen, den ich für Sie herrichten lassen habe."

Mit diesen Worten griff Oberst Odermatt zum Telefon, um Wachtmeister Müller herbei zu zitieren.

Kurz darauf kam eine nette, junge Frau herein, welche der Oberst in einem eher strengen Tonfall anwies, die Besucher zu ihrem künftigen Arbeitsplatz zu führen.

Wachtmeister Angelika Müller tat, wie ihr befohlen, und Feldwebel Liselotte Menger dachte bei sich, dass die junge Kollegin, ausgestattet mit beachtlichen Rundungen ihres Körpers, vermutlich schon einmal den Avancen ihres Vorgesetzten ausgeliefert war.

Es lag nahe, dass sie diese wohl abgewiesen hatte, was dann zu dem unterkühlten Verhältnis zu ihrem Chef geführt haben könnte.

„Oberst Odermatt hat mich Ihnen für die Dauer Ihres Aufenthaltes zugewiesen", stellte sich der Wachtmeister sodann vor und ergänzte:

„Mein Name ist Angelika Müller. Aber Sie können ruhig Angelika zu mir sagen."

„Das machen wir gern, Angelika", antwortete Liselotte, *„wir heißen Lilo und Heini. Und das <Sie> lassen wir einfach weg. Einverstanden?"*

„Danke!", antwortete Angelika, *„das ist jetzt aber sehr nett."*

Adjutant Gredler ließ es sich nicht anmerken; aber so ganz einverstanden war er damit nicht. Er war zwar nur unwesentlich älter als Angelika; aber der doch beträchtliche Unterschied bei den Dienstgraden…

„Inwieweit bist du mit diesem Fall vertraut?", fragte Liselotte, und noch bevor Angelika darauf antworten konnte, sagte Heinrich in einer sehr aggressiven Art:

„Was kann ein kleiner Wachtmeister schon wissen?"

„Intelligenz ist kein Privileg von Dienstgrad oder gesellschaftlicher Stellung, Herr Adjutant."

Damit hatten beide Kontrahenten ihre Visiere heruntergeklappt, bereit für einen weiteren Schlagabtausch.

Dem kam jedoch Liselotte blitzartig zuvor, indem sie ihrem jungen Heißsporn-Kollegen deutlich zu verstehen gab, dass er das besser lassen möge.

„Wir sagen manchmal unbedacht Dinge, weil unsere Zunge schneller ist als unser Verstand. Ich denke da an einen ganz bestimmten Vorfall vor einem Jahr in Bern ..."

Heinrich Gredler zuckte leicht zusammen, als er Liselotte das sagen hörte. Er hatte sich damals bei der Befragung einer Dame der gehobenen Gesellschaft einen schlimmen Fauxpas geleistet.

Liselotte Menger hatte ihm damals buchstäblich den Arsch gerettet, als sie – zusammen mit ihrem vorlauten Kollegen – ihrem Chef Rede und Antwort stehen musste. Eine kleine Notlüge war damals das probate Mittel.

„Aber das ist eine andere Geschichte, nicht wahr Heini?", fügte Liselotte hinzu und wandte sich danach wieder an Angelika.

„Du bist mir noch die Antwort schuldig, liebe Angelika."

Angelika hatte zwar zugehört, jedoch ohne zu verstehen, was Liselotte zuvor zu dem Adjutanten gesagt hatte.

„*Ja, ich habe damals mit ermittelt*", sagte sie stattdessen, „*und ich bin mit dem Fall wohlvertraut.*"

„*Das ist prima*", erwiderte Liselotte, „*dann wollen wir uns jetzt frisch ans Werk machen. Aber vorher gebt ihr zwei euch die Hände, und wir vergessen das kleine Scharmützel. Schließlich wollen wir ja alle dasselbe. Und da müssen wir an einem Strang ziehen, oder?*"

Die beiden Streithähne gaben sich – wenn auch etwas widerwillig – die Hände, und Adjutant Heinrich Gredler fragte sich gerade, warum er sich das von Feldwebel Liselotte Menger gefallen ließ. Schließlich war er doch der Ranghöhere, oder?

„*Ich würde gern den Spaziergänger befragen, der die Leiche damals entdeckt hat*", sagte Adjutant Gredler, worauf Angelika antwortete:

„*Erstens waren das mehrere Leute und zweitens wurden die schon eingehend befragt. Die Protokolle sind dem Akt beigelegt.*"

Heinrich Gredler hatte schon beinahe Schaum vor dem Mund, als er erwiderte:

„*Erstens ist mir das egal, Wachtmeister Müller, und zweitens tun Sie gefälligst das, was ich Ihnen anschaffe. Haben wir uns da klar verstanden?*"

„*Nicht schon wieder*", murmelte Feldwebel Menger und verdrehte dabei die Augen.

„*Jawohl, Herr Adjutant*", sagte Angelika, wobei die Betonung klar erkennbar auf „Herr Adjutant" lag.

Jetzt wurde es Liselotte zu viel.

„*Wir haben zwei Möglichkeiten. Entweder ihr hört sofort auf, euch wie Kleinkinder zu benehmen, oder ich fahre auf der Stelle zurück, und ihr könnt sehen, wie ihr zurechtkommt.*"

Der Gesichtsausdruck von Liselotte ließ keinen Zweifel offen, dass es ihr bitterernst damit war.

Angelika Müller streckte – zur Überraschung der beiden anderen – Heinrich Gredler die Hand entgegen und sagte:

„*Entschuldigung, Adjutant Gredler!*"

Heinrich Gredler ergriff voller Erstaunen die Hand der jungen Kollegin, und Angelika Müller fügte hinzu:

„*Meine Mutter sagt auch immer, dass ich ein loses Mundwerk habe, und dass es vom Vater stammt.*"

Der Adjutant musste lachen.

„*Und was sagt Ihr Vater dazu?*", fragte er, worauf Angelika antwortete:

„*Den hat die Mutter schon vor Jahren zum Teufel gejagt.*"

Jetzt musste auch Liselotte lachen.

„Also ist das jetzt geklärt mit euch beiden?

„Ja", kam die Antwort der beiden, fast wie aus einem Mund. Und Heinrich Gredler, der noch immer die Hand von Angelika hielt, sagte zu ihr:

„Heini, du kannst mich auch Heini nennen, wenn du das möchtest."

„Sicher doch, Heini, und ich bin die Angelika. Freunde nennen mich aber <Geli>."

Befragung von Felix Sprüngli:

Anwesend sind Felix Sprüngli, Adjutant Gredler und Wachtmeister Müller.

Adjutant Gredler: *„Können Sie sich daran erinnern, wann und wo Sie die Leiche von Reto Tobler gefunden haben und in welchem Zustand sie war?"*

Felix Sprüngli: *„Ja. Das war Ende Januar. Ich war mit meiner Familie auf einem Spaziergang in einem Wald, unweit unserer Wohnung. Herbert hat dann die Leiche entdeckt."*

Adjutant Gredler: *„Ich nehme an, Herbert ist Ihr Sohn."*

Felix Sprüngli: *„Aber nein, Herbert ist doch kein Mensch. Das ist unser Dackel."*

Angelika unterdrückt ein Lachen. Sie weiß natürlich aus der Akte, dass es sich bei „Herbert" um kein menschliches Wesen handelt; möchte aber Heini nicht schon wieder gegen sich aufbringen.

Adjutant Gredler: *„Ein sonderbarer Name für einen Hund; finden Sie nicht auch?"*

Felix Sprüngli: *„Überhaupt nicht. Er ist nach meinem Großvater benannt, der leider viel zu früh verstorben ist."*

Adjutant Gredler belässt es dabei und fährt mit der Befragung fort.

Adjutant Gredler: *„Bitte, schildern Sie weiter das Geschehnis."*

Felix Sprüngli: *„Ohne Herbert hätten wir die Leiche gar nicht entdeckt, und da wäre uns viel Ärger erspart geblieben."*

Adjutant Gredler: *„Wie meinen Sie das jetzt?"*

Felix Sprüngli: *„Nun, die vielen Verhöre und die viele Zeit, die es in Anspruch nimmt. Von der nervlichen Belastung erst gar nicht zu reden."*

Adjutant Gredler bemüht sich, sachlich zu bleiben und bleibt bar jedweder Emotion.

Adjutant Gredler: *„Also zum einen ist das eine Befragung und kein Verhör. Und zum anderen ist das ja wohl Ihre Bürgerpflicht; meinen Sie nicht auch?"*

Felix Sprüngli: „*Jawohl!*"

Der Zeuge, sichtlich eingeschüchtert durch die Moralpredigt des Adjutanten, antwortet schon fast in militärischer Manier.

Adjutant Gredler: „*Was geschah dann weiter?*"

Felix Sprüngli: „*Nun, wir haben uns auf den Weg zur Leiche gemacht. Meine Gattin und das Gretli.*"

Angelika mischt sich kurz ein: „*Das Gretli ist die Tochter der Sprünglis.*"

„*Das weiß ich*", antwortet Heinrich barsch, „*es steht ja in den Akten.*"

Das veranlasst wiederum Angelika ebenso barsch zu erwidern: „*Ich mein ja nur.*"

Der Zeuge wirkt verunsichert.

Adjutant Gredler: „*Sie sagten gerade, Sie hätten sich auf den Weg gemacht. Wie meinen Sie das?*"

Felix Sprüngli: „*Nun, die Leiche lag ja etwas abseits vom Weg. Wäre Herbert nicht vom Weg abgekommen, hätten wir die Leiche nie entdeckt.*"

Adjutant Gredler: „*Haben Sie die Leiche angefasst?*"

Felix Sprüngli: „*Auf gar keinen Fall, das darf man doch nicht. Man kennt das ja vom Fernsehen.*"

Der Adjutant will gerade fortfahren, als der Zeuge noch rasch ergänzt: *„Der Herbert schon... "*

Adjutant Gredler: *„Was heißt das? "*

Felix Sprüngli: *„Nun, wahrscheinlich hatte er Mitleid mit dem Toten, weil der ja voller Schnee im Gesicht war. Da hat ihn der Herbert ein wenig abgeleckt. Das anzusehen hat mich sehr berührt. "*

Das ist jetzt der Punkt, an dem Adjutant Heinrich Gredler endgültig die Segel streicht.

Adjutant Gredler: *„Sie können gehen. Wir melden uns bei Ihnen, wenn wir noch etwas brauchen sollten. "*

Felix Sprüngli: *„Wie? Das war's dann schon? "*

In der Stimme des Zeugen schwingt eine leichte Enttäuschung mit.

Adjutant Gredler: *„Ja; und vielen Dank, dass Sie sich die Zeit genommen haben. "*

Felix Sprüngli: *„Das war doch selbstverständlich. Wie Sie richtig gesagt haben: das ist Bürgerpflicht! "*

Heinrich Gredler ist sich gerade nicht mehr sicher, ob er von Herrn Sprüngli auf den Arm genommen wird, oder ob es ganz einfach die natürliche, leicht schrullige Art des Zeugen ist.

Feldwebel Liselotte Menger, die hinter dem Vernehmungsraum steht und das Geschehnis mitverfolgt, hat auf alle Fälle sehr viel Spaß dabei.

*****

Dr. Baumann, der Gerichtsmediziner, hatte die Beamten aus St. Moritz schon erwartet. Noch bevor sich diese vorstellen konnten, fragte er sie direkt und nicht gerade freundlich:

„Wieso interessiert sich die Kantonspolizei St. Moritz für diesen Fall? Und das nach so langer Zeit?"

Feldwebel Liselotte, welche das als „nicht in Ordnung" empfand, ließ es auch nicht auf sich beruhen.

„Erlauben Sie, dass wir uns Ihnen zunächst einmal vorstellen, Herr Doktor?", fragte Liselotte und fügte sogleich hinzu:

„Meine Mutter hat mir das nämlich so beigebracht.

Dieser nette, gut aussehende Mann an meiner Seite ist Adjutant Heinrich Gredler, und meine Wenigkeit hört auf den Namen Feldwebel Liselotte Menger. Und wie war noch gleich einmal Ihr Name?"

Der Gerichtsmediziner schwankte zwischen Empörung und Bewunderung hin und her. In seinen bisherigen, über dreißig Dienstjahren, war ihm so etwas noch nicht untergekommen.

Er sah sich den Feldwebel genauer an. Die Blicke der beiden trafen aufeinander wie Blitze und verhakten sich, wobei Liselotte ebenso standhielt wie der Mediziner.

„Verzeihen Sie mir meine schlechten Manieren", sagte der Arzt mit einem feinen Lächeln und ging auf Liselotte zu. Er streckte ihr die Hand entgegen und fügte hinzu:

„Mein Name ist Dr. Guido Baumann, und ich freue mich sehr, Ihre Bekanntschaft zu machen. Ich hoffe, Sie sind mir nicht böse, aber die Umgebung hat offenbar einen schlechten Einfluss auf mich."

Während er dies sagte, deutete er auf eine Leiche, welche auf einem der Tische lag und im Begriff war, ihr Innerstes gerade preiszugeben.

Adjutant Heinrich Gredler hielt sich ein Taschentuch vor den Mund. Obwohl er schon öfter das Vergnügen gehabt hatte, einem geöffneten Körper zu begegnen, konnte er sich dennoch zu keiner Zeit an das spezielle Odeur gewöhnen.

„Gehen wir in mein Büro", sagte Dr. Baumann, sehr zur Freude von Adjutant Gredler, wobei sein Blick noch immer auf Liselotte gerichtet war.

Die Frau gefiel dem Gerichtsmediziner, und augenscheinlich erging es Liselotte ähnlich.

„Das ist sehr liebenswert von Ihnen, Herr Doktor", sagte sie mit einem verschmitzten Lächeln, worauf dieser erwiderte:

„Es ist sehr selten, dass eine so charmante Erscheinung etwas Sonnenschein in mein tristes Dasein bringt."

„Können wir dann?", fragte Adjutant Heinrich Gredler, dem das alles gerade etwas zu viel war.

Liselotte bemerkte ein Bild, welches an der Wand des Büros hing. Es zeigte eine schöne Frau, etwa im Alter von Liselotte.

„Das ist Marie-Claire, meine verstorbene Ehefrau", hörte sie den Gerichtsmediziner sagen, *„Sie sehen ihr ein wenig ähnlich."*

„Das tut mir leid", entgegnete Liselotte, *„sie war ja doch noch sehr jung."*

„Ja", antwortete Dr. Baumann, *„aber danach fragt das Schicksal nicht; leider…"*

Es war wohl weniger Taktlosigkeit, denn vielmehr reiner Pragmatismus, dass der Adjutant die sentimentale Stimmung brach.

„Es ist doch richtig, dass Sie damals den Leichnam des Ermordeten untersucht haben."

Der Gerichtsmediziner nickte, während Liselotte einen zürnenden Blick wider ihren Kollegen schleuderte.

Heinrich Gredler hatte es wohl bemerkt, zeigte sich aber völlig unbeeindruckt davon. Schließlich waren sie ja hier, um zu arbeiten.

„In der Akte steht, dass keinerlei Abwehrspuren bei dem Toten festgestellt wurden. Können Sie mir bitte erklären, wie es möglich ist, dass man jemanden mit einem Gürtel erwürgt, ohne dass sich dieser zu Wehr setzt?"

„Der Tote wurde nicht erwürgt, Herr Adjutant, sondern erdrosselt", korrigierte der Gerichtsmediziner den Fragenden, worauf Heinrich Gredler postwendend antwortete:

„Das ist doch jetzt völlig unerheblich. Sie wissen schon, was ich meine."

„Da muss ich Ihnen leider widersprechen, Herr Adjutant", erwiderte der Gerichtsmediziner abermals, *„Erwürgen geschieht ohne Hilfsmittel, lediglich mit Armen und Händen, wobei Erdrosseln mit einer Schlinge durchgeführt wird. Und dann gibt es noch das Erhängen. Alle drei Tötungsarten haben den Oberbegriff <Strangulation>. In der Rechtsmedizin wird da peinlich genau unterschieden."*

Während der soeben aufgeklärte Adjutant schwer schlucken musste, fragte sich Lieselotte gerade, warum Heini immer wieder auf Konfrontationskurs mit seinen Mitmenschen ging. War es Dummheit oder einfach nur - die der Jugend geschuldete - Arroganz.

„Um auf Ihre berechtigte Frage zurückzukommen", fuhr Dr. Baumann fort, *„scheinbar ist es nicht möglich, einen Menschen zu strangulieren, ohne dass dieser sich mit allen Mitteln dagegen zu wehren versucht.*

Und doch war das bei Reto Tobler der Fall. Natürlich gibt es Mittel und Wege einen Menschen wehrlos zu machen. Denken wir an Schlafmittel oder hohen Alkoholkonsum.

Aber weder das eine noch das andere konnte im Körper von Reto Tobler nachgewiesen werden.

Sie sehen, Herr Adjutant, Ihre Frage muss leider unbeantwortet bleiben."

Es folgte betroffenes Schweigen. Adjutant Gredler und Feldwebel Menger, weil sie enttäuscht waren, und Dr. Baumann, weil er dem Gesagten nichts mehr hinzuzufügen wusste.

„Dann können wir wohl hier nichts mehr ausrichten", resümierte der Adjutant und streckte dem Gerichtsmediziner zum Abschied die Hand entgegen.

„Vielen Dank, Herr Doktor, und nichts für ungut!"

„Kein Problem, Herr Gredler", antwortete der Gerichtsmediziner versöhnlich, *„wir machen hier alle*

nur unsere Arbeit. Ich wünsche Ihnen eine gute Heimreise. "

„Ihnen auch, Frau Menger", wandte er sich dann an Liselotte, „es hat mich sehr gefreut, Sie kennenlernen zu dürfen.

Und wenn Sie wieder einmal in der Gegend sind, dann melden Sie sich bitte. Ich würde mich freuen. "

Liselotte griff in ihre Tasche und zog eine Visitenkarte heraus.

„Hier meine Visitenkarte, Herr Doktor. Vielleicht fällt Ihnen ja noch etwas ein. Man weiß ja nie, oder "

„Das ist richtig, Frau Menger; vielen Dank dafür! "

Der Gerichtsmediziner brachte die beiden zur Tür. Als sie gegangen waren, sagte er noch:

„Mir fällt ganz sicher noch etwas ein, schöne Frau! "

Als die beiden Kriminalisten im Auto saßen, konnte Heini Gredler nicht umhin, zu sagen:

„Ein wenig komisch ist er schon, der Herr Doktor. Findest du nicht auch? "

„Ganz und gar nicht, Heini", antwortete Liselotte, „mir gefällt er; sehr sogar. "

Adjutant Heinrich Gredler ließ die Antwort seiner Kollegin unkommentiert. Stattdessen sagte er:

„Eigentlich könnten wir direkt nach Hause fahren. Hier können wir sowieso nichts mehr erforschen; oder?"

„Wie wäre es mit dem Züricher Nachtleben?", fragte Liselotte, worauf Heini antwortete:

„Ja spinnst du, Lilo? Ich bin glücklich verheiratet."

Liselotte musste lachen. So gefiel ihr Heini wieder. Eigentlich war er ja doch ein ganz lieber Kollege und ein guter Freund.

„Du hast recht, Heini", erwiderte sie, *„lass uns zurückfahren. So sparen wir dem Steuerzahler Geld."*

*****

Akte Beat Heizmann

Beat Heizmann, 35 Jahre alt, wohnhaft in St. Gallen, verheiratet, keine Kinder, Arzt mit privater Praxis.

Beat Heizmann wurde am 29. April in St. Gallen tot aufgefunden. Er war an Händen und Füßen mit Kabelbindern gefesselt.

Fundort der Leiche ist die örtliche Mülldeponie. Ein dortiger Mitarbeiter hat die Leiche entdeckt.

Er hatte einen Zettel im Mund mit folgender Aufschrift:

Wer jemals tiefsten Schmerz empfindet,
und in sich birgt ein blutend` Herz,
zu Gipfeln höchsten Glückes findet;
denn wahres Glück entspringt dem Schmerz.
(K. Hoffmann)

Der Tote wurde vermutlich mit einem Gürtel stranguliert.

Es gibt weder oberflächliche Verletzungen noch Abwehrspuren. Fremd-DNA konnte nicht gefunden werden.

Der Tote ist in einer allgemein sehr guten körperlichen Verfassung. Es deutet darauf hin, dass er Krafttraining gemacht hat.

Steroide konnten im Körper jedoch nicht nachgewiesen werden.

Es gab auch keinerlei Rückstände von rauscherzeugenden Substanzen.

*****

„Ich fahre uns jetzt erst einmal zu unserem Hotel. Da kannst du einchecken und dich ein wenig frisch machen", sagte Leutnant Vreni Keller, als sie mit Wachtmeister Gustav Thoma die Stadtgrenze von St. Gallen erreicht hatten.

„Und was machst du?", fragte Gustav Thoma überrascht, *„kommst du nicht mit?"*

„Nein", antwortete Vreni Keller, *„ich habe noch schnell etwas zu erledigen."*

Es war eigenartig, dass Vreni ihrem Kollegen nicht den Grund erklärte, warum sie ihn am Hotel absetzte. Sie und er kannten sich schon eine geraume Weile, und sie verstanden sich auch recht gut.

Gustav war aus St. Moritz gebürtig, und er hatte sich sofort in Vreni verliebt, als sie zum ersten Mal auf die Dienststelle kam.

Was er zu diesem Zeitpunkt nicht wissen konnte, war, dass Vreni verlobt war, und dazu noch ausgerechnet mit seinem besten Freund.

Toni Gruber, Gustavs Freund, war lange Zeit mit Gustav in einem Viererbob mitgefahren. Während Gustav irgendwann ausgestiegen war, ist Toni weitergefahren.

So hat Vreni ihn auch kennengelernt. Sie waren sich, anlässlich eines Wettkampfes begegnet, und es hat damals sofort zwischen den beiden gefunkt.

Als Gustav erfuhr, dass Vreni und Toni ein Paar sind, hat er seine Gefühle sofort im Keim erstickt. Vreni hatte zum Glück nicht bemerkt, dass Gustav Gefühle für sie hatte. Und nachdem Gustav seinen Liebesschmerz überwunden hatte, wurde sehr bald eine tiefe Freundschaft daraus.

Manchmal, wenn sie zu dritt unterwegs waren, und Toni ihn deswegen aufzog, dass er noch keine Freundin hätte, tat es Gustav schon noch recht weh.

Aber es war nun einmal, wie es ist, und Gustav hatte nicht das geringste Problem damit, dass er mit Vreni – in Sachen Mordermittlung – gemeinsam unterwegs war.

*****

Als Vreni ihr Elternhaus verließ, um nach St. Moritz zu gehen, geschah das nicht ohne Probleme.

Ihr Vater, der gegen ihren Berufswunsch war, und der sie lieber als Ehefrau mit Mann und Kind gesehen hätte, ließ sie das nur allzu deutlich spüren.

Hinzu kam noch, dass Urs, Vrenis älterer Bruder, schon vor ihr das Elternhaus verlassen hatte, und das ebenso nach vielen, langen Auseinandersetzungen mit dem Vater.

Die Mutter litt sehr darunter, dass ihre beiden Kinder mit dem Vater so überhaupt nicht harmonieren konnten.

Seit Vrenis Wegzug nach St. Moritz, hatte es nur noch gelegentlichen Kontakt mit der Mutter gegeben. Und das nur, wenn der Vater außer Haus war, und die Mutter zum Telefon griff.

Vreni läutete an der Haustür, obwohl sie noch einen Schlüssel besaß.

Als die Mutter öffnete und Vreni erblickte, fiel sie ihr um den Hals. Freudentränen liefen ihr über das Gesicht, als sie ihr Kind vor sich sah.

„Ist der Vater da?", fragte Vreni zögerlich, und die Mutter nickte nur.

„Komm herein, Kind!", sagte die Mutter und nahm Vreni bei der Hand.

„Sieh nur, wer da ist", sagte die Mutter, als sie Vreni hinter sich her in die Stube zog.

Matteo Keller, inzwischen pensionierter Eisenbahner, saß am Tisch, einen Krug Bier vor sich stehend und eine Zigarre rauchend.

Er hielt eine Zeitung in der Hand, und ohne aufzublicken, brummte er:

„Was weiß ich, wer da ist."

Vreni wollte sich schon umdrehen, um wieder zu gehen; aber ihre Mutter hielt sie fest in der Hand.

„Das Vreneli ist da; schau nur.“

Vreni schnürte es die Kehle zusammen, als sie das hörte. So hatte sie der Vater früher genannt, als sie noch ein Kind war.

Es war nur schwer zu glauben, dass derselbe Mensch, dessen Liebling sie einmal war, ihr jetzt mit so viel Abweisung begegnete.

„Grüß dich, Vater!“, sagte Vreni und ging auf ihren Vater zu, um ihm die Hand entgegenzustrecken.

Matteo verweigerte seine Hand und sagte stattdessen:

„Was führt dich zurück in das Haus, dass du vor einiger Zeit verlassen hast? Heimweh wird es wohl nicht sein, oder?“

Vreni nahm alle Kraft zusammen, um nicht loszuheulen. Stattdessen sagte sie:

„Ich habe dienstlich in St. Gallen zu tun, und da wollte ich einfach nur kurz vorbeischauen und fragen, wie es euch geht.“

Noch bevor Matteo darauf reagieren konnte, antwortete die Mutter:

„*Gut geht es uns, dem Vater und mir. Aber sag, wie geht es dir, Kind?*"

„*Mir geht es gut*", antwortete Vreni. „*Die Arbeit macht mir Spaß, und ich habe sehr nette Kollegen in St. Moritz. Mit einem bin ich sogar hier.*"

„*Warum hast du ihn nicht mitgebracht?*", fragte die Mutter, „*oder sitzt er vielleicht draußen im Auto?*"

„*Nein*", antwortete Vreni, „*er ist schon ins Hotel vorgegangen, um einzuchecken.*"

„*Aber du wirst doch sicher bei uns schlafen, solange du hier bist?*", sagte die Mutter, worauf Vreni antwortete:

„*Nein, ich schlafe auch im Hotel.*"

„*Alles auf Kosten der Steuerzahler*", murmelte Matteo und fragte dann, sehr zum Erstaunen von Vreni:

„*Jagt ihr irgendwelche bösen Buben in St. Gallen?*"

Das war das erste Mal, dass der Vater sie so etwas fragte. Das hatte er noch nie gemacht; auch nicht zu der Zeit, als Vreni noch bei der hiesigen Dienststelle tätig war.

„*So etwas Ähnliches*", antwortete Vreni. „*Es geht um einen alten Fall. Es geht um den Mord an Beat*

Heizmann. Ich weiß nicht, ob ihr euch noch daran erinnert."

„Den Doktor", sagte Matteo, „um den war es kein Schad."

„Red nicht so, Vater", sagte Vrenis Mutter, „er war schließlich auch ein Geschöpf Gottes."

„Ein Playboy und ein Windhund erster Güte war er", sagte Matteo, und der Tonfall seiner Stimme spiegelte die ganze Verachtung wider, die er für diesen Menschen empfand.

„Kanntet ihr ihn vielleicht?", fragte Vreni und Matteo antwortete:

„Ja spinnst du? Der hat nur Private behandelt und keine armen Schlucker, wie unsereins."

„Kannst du dich an Marthe Waldvogel erinnern?", fragte die Mutter, „sie arbeitet mit mir bei Aldi an der Kasse."

„Dunkel", antwortete Vreni, „warum fragst du das?"

„Sie wohnt ja neben dem „Aurora", und ihr Weg zum Bus hat sie immer beim Haus vom Doktor vorbeigeführt."

„Meinst du die psychiatrische Klinik?", fragte Vreni, und als die Mutter antworten wollte, kam ihr der Vater zuvor:

„*Ja, genau. Eigentlich sollte die Spinndrossel dort wohnen und nicht daneben. Man sollte gar nicht ernstnehmen, was die so von sich gibt.*"

„*Warum sagst du das?*", fragte die Mutter vorwurfsvoll, „*du kennst sie doch gar nicht.*"

„*Natürlich kenne ich sie*", erwiderte Matteo, „*ich saß doch bei der Weihnachtsfeier direkt neben ihr. Und was die alles so daher gebrabbelt hat; davon habe ich heute noch Kopfschmerzen.*"

„*Was wolltest du mir sagen über die Frau Waldvogel*", beendete Vreni die Schimpftirade ihres Vaters.

„*Die Frau Waldvogel hat mehrmals ein fremdes Auto in der Nähe des Doktors parken sehen. Und im Auto saß ein Mann mit dunklen Haaren und Bart.*"

„*Wann war das?*", fragte Vreni aufgeregt, und die Mutter antwortete:

„*Ein paar Tage vor dem Mord.*"

„*Hast du oder die Frau Waldvogel bei der Polizei darüber ausgesagt?*", fragte Vreni, und die Mutter antwortete:

„*Nein, ich will mit so etwas nichts zu tun haben. Und die Frau Waldvogel auch nicht.*"

Vreni überlegte für einen kurzen Augenblick, ob sie ihrer Mutter die Bedeutung von Bürgerpflicht nahebringen sollte; beschloss aber, es zu unterlassen.

„Glaubst du, ich könnte mit Frau Waldvogel darüber reden?", fragte sie stattdessen, und die Mutter antwortete:

„Aber sicher doch. Richte ihr liebe Grüße von mir aus, wenn du sie besuchst."

„Wieso?", fragte Vreni, *„siehst du sie nicht jeden Tag bei der Arbeit?"*

„Nein", antwortete die Mutter, *„ich arbeite ja nicht mehr dort. Die haben mich entlassen. Die wollen nur noch ganz Junge..."*

Als Vreni wenig später ihr Elternhaus verließ, hatte sie Tränen in den Augen. Es tat ihr weh, dass sich zwischen ihr und ihren Eltern ein so tiefer Graben aufgetan hatte.

Wie sonst war es möglich, dass sie von der Entlassung ihrer Mutter nichts wusste. Und ihr Bruder wusste scheinbar auch nichts. Sie hatte noch vor einer Woche mit ihm telefoniert.

*****

Es war ein eigenartiges Gefühl für Leutnant Vreni Schneider, als sie ihre alte Dienststelle betrat.

Einer ihrer alten Kollegen begrüßte sie beim Empfang scherzhaft mit den Worten:

„Dass du dich überhaupt noch hierher traust; du Verräterin."

Was ihr normalerweise ein Lächeln entlockt hätte, traf sie in diesem Augenblick. Ihr Stimmungsbarometer, der nach dem Besuch ihres Elternhauses tief gefallen war, hatte sich noch nicht wieder erholt. Sie blickte den Kollegen nur strafend an, sagte aber nichts.

Gustav hatte sie schon darauf angesprochen, als sie von den Eltern ins Hotel zurückgekommen war. Aber Vreni blockte ab.

„Jetzt nicht, Gustav", sagte sie mit trauriger Stimme, *„später vielleicht. Jetzt lass uns erst einmal zu den Kollegen fahren."*

„Ist der Chef da?", fragte Vreni, und der Spaßvogel vom Empfang, der mit der Reaktion von Vreni so überhaupt nichts anzufangen wusste, antwortete:

„Ja, er ist in seinem Büro. Den Weg kennst du ja noch."

Der kleine Zusatz war das Wundpflaster, welches sich der Kollege auf seine gekränkte Seele gab.

Vreni revanchierte sich mit einem neutralen *„merci vielmal"* und machte sich auf den Weg zu ihrem ehemaligen Chef.

Als Vreni die Tür geöffnet hatte, war Oberstleutnant René Flütsch schon hinter seinem Schreibtisch hervorgekommen, um auf Vreni zuzugehen.

Er breitete seine Arme aus, strahlte über das ganze Gesicht und sagte:

„Ich freue mich sehr, dich zu sehen, liebe Vreni!"

René umarmte Vreni mit großer Herzlichkeit, und es tat Vreni gut. Sie sog dieses Gefühl der Zuneigung gierig in sich auf, und sie war fast ein wenig enttäuscht, als sie der Oberstleutnant wieder losließ.

„Sag, wie geht es dir? Behandeln die dich gut?"

Wachtmeister Gustav Thoma wunderte sich über den vertrauten Umgang, den der Oberstleutnant mit Vreni pflegte.

Nicht nur, dass er ein wesentlich ranghöherer Vorgesetzter war, war auch der Altersunterschied beträchtlich.

Was Gustav nicht wissen konnte, war, dass Vrenis Mutter und der Oberstleutnant Schulkameraden waren, der nie verstanden hatte, warum die Mutter von Vreni einen Mann wie Matteo geheiratet hatte.

Vreni war überdies davon überzeugt, dass René früher in ihre Mutter verliebt gewesen sein musste. Darauf angesprochen, hat es die Mutter aber immer wieder geleugnet.

Der Oberstleutnant wandte sich jetzt Gustav zu und begrüßte ihn mit den Worten:

„Sie müssen Wachtmeister Thoma sein; oder?"

„Jawohl, Herr Oberstleutnant", antwortete Gustav.

Er hatte Haltung angenommen, als er das tat. Es war schwer zu sagen, ob aus Respekt dem Vorgesetzten gegenüber oder aus Bewunderung für den Mann.

Jawohl, dieser Mann, mit seiner sonoren Stimme und seinem freundlichen Wesen, imponierte ihm.

„Nicht so förmlich, junger Mann", erwiderte der Oberstleutnant mit einem feinen Lächeln, *„wir kommen doch alle aus dem gleichen Stall; oder?"*

Der Wachtmeister wollte schon wieder Haltung annehmen, konnte sich aber gerade noch zurückhalten, und eine leichte Verbeugung trat an deren Stelle.

„Gibt es neue Erkenntnisse im Mordfall Heizmann?"

Mit dieser Frage ging der Oberstleutnant nun von der Begrüßungsphase in das Dienstliche über.

Vreni wollte schon mit NEIN antworten, musste aber dann an das Gespräch mit ihrer Mutter denken.

„Vielleicht", antwortete Vreni, *„aber das muss erst noch überprüft werden."*

„Aha", brachte der Oberstleutnant sein Erstaunen zum Ausdruck, „und um was genau handelt es sich?"

„Habt ihr irgendwann einmal eine Frau namens Marthe Waldvogel in dieser Angelegenheit befragt?", sagte Vreni, und der Oberstleutnant antwortete:

„Das weiß ich nicht; aber ich kann ja einmal nachschauen."

Dann holte er sich die Akte auf seinen Bildschirm, um kurz darauf die Frage von Vreni zu verneinen.

„Wer ist diese Frau?", fragte der Oberstleutnant, „und was hat es mit ihr auf sich?"

„Das ist eine Kollegin von der Mutter; sie ist Kassiererin beim Aldi", antwortet Vreni. „Es könnte sein, dass sie eine interessante Beobachtung gemacht hat."

„Und warum ist sie zum Kuckuck nicht damit zu uns gekommen?", fragte der Oberstleutnant leicht gereizt.

Wachtmeister Thoma war überrascht, als er das mitbekam. Diese Gefühlsregung hätte er noch vor wenigen Augenblicken nicht so erwartet.

„Frau Waldvogel ist eine einfache Frau. Sie hat sich vielleicht nur nicht getraut, René", antwortete Vreni, „aber das werden wir ja herausfinden."

„*Ich werde sie sofort hierherbringen lassen*", sagte der Oberstleutnant und wollte schon zum Telefon greifen.

„*Sachte, sachte, René*", sagte Vreni, „*es wäre mir lieber, ich könnte zu ihr nach Hause fahren. In ihrer gewohnten Umgebung fühlt sie sich sicherer als hier auf der Wache. Meinst du nicht auch?*"

Nach einem kurzen Zögern stimmte der Oberstleutnant zu. Als sich Vreni wenig später wieder von ihm verabschiedete, sagte René:

„*Es ist schade, dass du nicht mehr bei uns bist. Deine ruhige, sachliche Art fehlt mir sehr.*"

Gustav kamen diese Worte vor wie eine Liebeserklärung, und er fragte sich, ob dieser Mann vielleicht sogar früher einmal in Vreni verliebt war.

„*Dann bis morgen, und danke René!*", sagte Vreni, „*für heute reicht `s mir. Ich werde mich jetzt mit Gustav ins St. Gallener Nachtleben stürzen.*"

Dass dies ein Scherz war, verifizierte Gustav nicht sofort. Erst als Vreni mit ihm zurück zum Hotel fuhr, und sie ihm mitteilte, „*dass sie sich schon sehr auf ihr Bett freute*", atmete Gustav erleichtert auf.

Es hatten sich kurzfristig Gefühle bei ihm eingestellt, die er fest verschlossen geglaubt hatte.

*****

Die Fahrt nach Lausanne hatte etwas mehr als fünf Stunden in Anspruch genommen.

Maximiliane war aufgefallen, dass Emilies Verhalten etwas sonderbar war. Sie hatte Emilie darauf angesprochen; aber keine befriedigende Antwort erhalten.

Als sie angekommen waren und im „Beau-Rivage Palace" ihr Zimmer bezogen hatten, stellte Maximiliane Emilie zur Rede:

„Du hast während der Fahrt hierher kaum etwas gesprochen, und meinen Fragen bist du auch ausgewichen. Was ist los mit dir?"

„Nichts", antwortete Emilie knapp, und ihre Antwort klang fast ein wenig trotzig.

„Nichts?", wiederholte Maximiliane, „und was, bitte, ist nichts?"

„Nichts ist nichts", antwortete Emilie. Ihre angespannte Körperhaltung ließ erkennen, dass sie sich gerade äußerst unwohl fühlte.

Maximiliane fixierte Emilie mit einem eindringlichen Blick; sie hielt ihr Gegenüber förmlich darin gefangen. Und so sehr sich Emilie auch dagegen zu wehren versuchte; sie vermochte sich dem nicht zu entziehen.

„Wir werden dieses Zimmer nicht eher verlassen, bevor du mir nicht gesagt hast, was dich so sehr beschäftigt."

Emilie war klar, dass Maximiliane auch wirklich meinte, was sie sagte. Emilie rang heftig mit sich. Ihre Gedanken schossen wie wild hin und her.

Emilie wandte ihren Blick immer wieder für einen kurzen Moment von Maximiliane ab, um ebenso schnell wieder dorthin zurückzukehren.

Man konnte dieser Frau nicht entkommen. Das wurde Emilie in diesem Augenblick offenbar.

„Ich warte!", kam die drohende Aufforderung von Maximiliane, und Emilie nahm all ihren Mut zusammen.

„Ich weiß, dass du mich liebst", begann Emilie, *„und ich liebe dich ebenso. Aber wie soll das funktionieren?"*

„Wie bitte?", sagte Maximiliane, *„hast du gerade <funktionieren> gesagt? Vergleichst du unsere Liebe etwa mit einer Küchenmaschine oder einem Rasenmäher?"*

„Nein", verteidigte sich Emilie eilig, *„so habe ich das doch nicht gemeint. Und das weißt du auch."*

„Wie meinst du es denn?", setzte Maximiliane nach.

Emilie machte eine längere Pause. Man konnte sehen, dass sie nach den richtigen Worten suchte. Sie hatte Angst, Maximiliane zu verletzen, und das wollte sie auf gar keinen Fall.

„Wie willst du zum Beispiel der Rechnungsstelle erklären, dass wir in einem Luxushotel abgestiegen sind, und dass wir gemeinsam eine Suite bewohnt haben?"

Mit dieser Frage wollte Emilie erst einmal von ihrem eigentlichen Problem ablenken.

„Es kränkt mich, dass du mich für so dumm hältst", antwortete Maximiliane, *„glaubst du wirklich, ich habe das nicht bedacht?"*

Emilie schaute Maximiliane erstaunt an und fragte:

„Was meinst du damit?"

„Ganz einfach", antwortete Maximiliane, *„ich habe in einer Pension zwei Zimmer für uns gebucht. Und wenn wir wieder abreisen, lasse ich mir dort eine Quittung für die Rechnungsstelle geben."*

Emilie empfand in diesem Moment eine unbeschreiblich große Bewunderung für ihre Maximiliane, die sich aber im selben Moment wieder verflüchtigte, als sich eine weitere, viel mächtigere Frage bei Emilie auftat.

„Woher hast du so viel Geld?"

Diese Frage war wie eine Granate, welche Emilie der Geliebten vor die Füße geworfen hatte, und von der sie inbrünstig hoffte, sie möge nicht explodieren.

Maximiliane sah Emilie mit großen Augen an. Sie fühlte eine starke Kränkung, welche ihr von einem Wesen zugefügt worden war, dem sie all ihre Liebe geschenkt hatte, und das sie einfach nicht verstehen konnte.

Sie wollte sich abrupt von Emilie abwenden; aber diese hielt sie mit aller Macht fest.

„Bitte, verzeih mir!", sagte Emilie flehentlich, *„das wollte ich nicht. Ich bin so dumm; bitte, bitte, verzeih mir!"*

Emilie hatte Tränen in den Augen. Sie hielt Maximiliane noch immer fest.

„Ist schon gut", sagte Maximiliane, *„ich habe wohl etwas überreagiert. Deine Frage ist berechtigt, und ich werde sie dir beantworten."*

„Nein, mein Liebling", erwiderte Emilie erleichtert, *„das ist nicht nötig. Lass es uns einfach vergessen."*

„Doch, doch", sagte Maximiliane, *„ich sage es dir. Es würde sonst immer zwischen uns stehen."*

Maximiliane machte eine kurze Pause, bevor sie fortfuhr:

„*Es ist ganz banal. Ich habe vor einiger Zeit eine größere Erbschaft gemacht. Und wenn wir wieder zurück sind, werde ich dir den Erbschein zeigen, damit du es schwarz auf weiß hast.*"

Emilie schämte sich, als Maximiliane das sagte, und sie wünschte sich, sie hätte das nie gesagt.

„*Das tust du nicht*", sagte Emilie barsch, „*ich habe schon genug Schaden angerichtet.*"

Maximiliane hielt für einen kurzen Augenblick inne und sagte dann:

„*Ich möchte es aber.*"

„*Und ich sage NEIN*", erwiderte Emilie, „*sonst gehe ich auf der Stelle. Und jetzt lass uns nicht mehr darüber reden.*"

Sie gab Maximiliane einen Kuss und ging dann zum Fenster.

„*Komm her zu mir*", rief sie begeistert, „*wir haben einen herrlichen Blick auf den See.*"

„*Ich weiß*", antwortete Maximiliane, „*wir werden später in ein Boot steigen und ein wenig darauf herum schippern. Aber jetzt nehmen wir erst einmal ein Bad. Einverstanden?*"

„*Sehr sogar*", antwortete Emilie, „*da können wir uns all unsere Sorgen und Bedenken abwaschen.*"

„*Wie meinst du das?*", fragte Maximiliane, und Emilie antwortete: „*Einfach nur so, mein Liebling.*"

Dass Emilie dabei an ihrer Beziehung gedacht hatte, behielt sie für sich. Sie hatte große Bedenken, wie ihre gemeinsame Zukunft wohl aussehen würde...

Als sie am späten Nachmittag an der Marina ankamen, und Emilie die vielen Jachten sah, die sanft hin- und herschaukelten, leuchteten ihre Augen.

Aber noch viel mehr leuchteten sie, als Maximiliane mit ihr auf eines der Motorboote stieg. Es war ein ca. 12 m langes Boot mit Badeplattform und einer Kabine für 4 Personen, inklusive Nasszelle.

„*Dürfen wir das?*", fragte sie ängstlich und Maximiliane antwortete lachend:

„*Das müssen wir sogar. Wie sollen wir sonst auf den See hinausfahren.*"

„*Wem gehört das Boot?*", fragte Emilie aufgeregt, und Maximiliane antwortete:

„*Einem sehr guten Freund von mir; aber ich kann es jederzeit benützen.*"

„*Und hast du auch so ein Kapitänspatent?*", fragte Emilie besorgt, worauf Maximiliane antwortete:

„*Nein, mein Schatz, ich bin ja kein Kapitän auf einem Kreuzfahrtschiff. Ich habe das kroatische Küstenpatent, das genügt völlig.*"

Während Maximiliane das Boot mit sicherer Hand aus dem Hafen steuerte, stellte sie Emilie eine Frage:

„Wachtmeister Schneider, was sagen Ihnen die Namen Vent, Bise, Vaudaire, Joran, Bornan und Môlan?"

Emilie dachte kurz nach und sah ihre Freundin fragend an.

„Sollte ich diese Herrschaften kennen?", sagte sie dann, *„sind das alles Straftäter?"*

Maximiliane lachte. *„Nein, mein Schatz"*, antwortete sie, *„obwohl diese Herrschaften manchmal sehr schlimm sind, kann man sie dennoch nicht dafür belangen."*

Emilie verstand nun überhaupt nichts mehr.

„Das sind alles Winde, die den Lac Léman[6] bewohnen, und die verschieden stark sind."

Das Boot war inzwischen schon ein Stück weit vom Ufer entfernt. Maximiliane hielt die Freundin an, sich auf ihrem Sitz anzuschnallen.

„Ist das wirklich nötig?", fragte Emilie, und Maximiliane antwortete:

„Das wirst du gleich sehen."

---

[6] Französische Bezeichnung für den Genfer See

Im selben Moment schob sie den Hebel für das Gas mit einem Zug bis zum Anschlag.

Das Boot bäumte sich auf wie ein Wildpferd und schob seinen Bug aus dem Wasser, als wolle es zu den kleinen, weißen Wolken hinaufsteigen, welche dem blauen Himmel seine Langeweile nahmen.

Emilie wurde mit einer unbändigen Kraft in den Sitz gepresst, und als Maximiliane eine scharfe Kurve einleitete und das aufgescheuchte Wasser des Sees über ihre Köpfe hinwegflog, drang ein lauter Schrei aus Emilies Kehle.

Sie verspürte in diesem Augenblick ein Gefühl der Freiheit, das sie zuvor nie so gekannt hatte, und der Wunsch stieg in ihr auf, es möge nie mehr aufhören.

*****

Leutnant Vreni Keller war mit Wachtmeister Gustav Thoma zur Wohnung von Marthe Waldvogel gefahren.

„Deine Mutter hat mich schon angerufen", sagte die Kollegin von Vrenis Mutter, als sie die Tür öffnete, *„aber ich sag dir gleich, ich will mit der Polizei nichts zu tun haben.*

Ich bin nur eine einfache Kassiererin, die brav ihre Steuern zahlt, und die in Ruhe gelassen werden will. "

Nach dieser Begrüßung taten sich bei Leutnant Keller heftige Zweifel auf, ob diese brave Steuerzahlerin auch tatsächlich eine ernst zu nehmende Zeugin darstellte.

„Ich will Ihnen nichts Böses, liebe Frau Waldvogel; das müssen Sie mir glauben", erwiderte Vreni, *„das hat Ihnen die Mutter doch sicher auch gesagt, oder?"*

„Ja, schon", antwortete Frau Waldvogel, und nach einem prüfenden Blick auf Vreni und ihren Begleiter, öffnete sie nun die Tür ganz und sagte:

„Dann kommt halt herein!"

Als sie in die Stube kamen, saß ein Mann, sichtlich älter als Frau Waldvogel, an einem Tisch und trank Kaffee.

„Das ist mein Mann Felix", stellte Frau Waldvogel ihren Mitbewohner vor, *„aber der weiß nichts. Den müssen Sie nicht beachten."*

Dann hieß sie den Gatten, sich in die Küche zu begeben, um mit dem Besuch ungestört reden zu können. Felix Waldvogel stand wortlos auf, nahm sein Kaffeehäferl und verschwand in die Küche.

„Ich weiß schon, was Sie wissen wollen", begann Frau Waldvogel, *„es geht um den toten Herrn Doktor."*

Und bevor Vreni darauf antworten konnte, fuhr Frau Waldvogel fort:

„Mein Gott, was für ein lieber Mensch er war, der Herr Doktor."

„Kannten Sie ihn?", fragte Vreni erstaunt, *„waren Sie bei ihm in Behandlung?"*

Frau Waldvogel lachte.

„Aber nein", antwortete Sie, *„wo denkst du hin. Schau ich so aus, als könnt ich mir einen Privaten leisten?"*

Frau Waldvogel lachte erneut.

„Ich bin Kassenpatient. Was anderes kann sich unsereins gar nicht leisten."

„Aber wieso haben sie dann gesagt, dass der Doktor ein lieber Mensch war, wenn Sie ihn doch gar nicht persönlich kannten?", fragte Vreni.

Frau Waldvogel schaute Vreni mit einem Blick an, als wolle sie sagen, dass dies gerade eine dumme Frage war, welche Vreni gestellt hatte.

„Wenn ein Mensch den Beruf des Arztes lernt, und anderen Menschen hilft, so kann er nur ein guter Mensch sein, oder?"

An diesem Weltbild von Frau Waldvogel gab es nichts zu rütteln, das war Vreni offenbar.

„*Sie haben meiner Mutter erzählt, sie hätten damals eine äußerst wichtige Beobachtung gemacht*", lenkte Vreni nun das Gespräch auf den eigentlich wesentlichen Grund ihres Besuches.

„*Ja, das stimmt*", pflichtete Frau Waldvogel bei.

„*Es war ein Mann in einem großen, schwarzen Auto, der mehrere Tage vor dem Haus des Doktors gestanden ist.*"

„*War das vielleicht ein SUV?*", fragte Wachtmeister Thoma.

Frau Waldvogel sah den Fragenden ebenso vorwurfsvoll an wie Vreni, welche ihm nahegelegt hatte, ihr allein die Befragung zu überlassen.

„*Was soll das sein?*", fragte Frau Waldvogel, worauf Vreni antwortete:

„*Das ist ein Geländewagen. Er ist ungefähr ebenso hoch wie lang.*"

Frau Waldvogel, die mit dieser Beschreibung so gar nichts anfangen konnte, sagte:

„*Das weiß ich nicht. Es war halt ein großes, schwarzes Auto.*"

„*Haben Sie sich vielleicht die Marke oder das Kennzeichen gemerkt?*", fragte Vreni.

„*Für mich sind alle Autos gleich*", antwortete Frau Waldvogel, „*aber das Kennzeichen weiß ich wohl.*"

Vreni setzte erwartungsvoll nach:

„*Und wie war das Kennzeichen?*"

„*Das weiß ich noch ganz genau*", antwortete Frau Waldvogel, sehr zum Erstaunen von Vreni, „*es war KR!*"

„*Und weiter*", drängte Vreni.

„*Wie weiter?*", fragte Frau Waldvogel.

„*Nun, da fehlen noch Zahlen und weitere Buchstaben*", erwiderte Vreni erwartungsvoll.

„*Das weiß ich nicht*", kam die ernüchternde Antwort von Frau Waldvogel, „*mehr gab es da nicht zu sehen.*"

An diesem Punkt nahmen die Zweifel von Vreni wieder massiv zu. Sie fragte sich, wie weit die Aussage von Frau Waldvogel wirklich ernst zu nehmen waren. Sie beschloss, die Zeugin etwas ganz Spezielles zu fragen:

„*War es ein Schweizer Kennzeichen?*"

Die Antwort, die nun kam, überraschte Vreni und ließ die Glaubwürdigkeit von Frau Waldvogel wieder nach oben schnellen.

„*Ganz sicher nicht*", antwortete Frau Waldvogel, „*da fehlte das Schweizer Kreuz auf der Nummerntafel.*"

Damit war klar, dass es sich um ein ausländisches Kennzeichen handeln musste. Die Frage war nur, aus welchem Land.

„*Geh, ruf in der Zentrale an und frag, welches der Nachbarländer ein Kennzeichen mit <KR> hat*", sagte Vreni zu Gustav.

Wachtmeister Thoma verließ das Zimmer und kam kurz darauf wieder zurück. Das Ergebnis seines Telefonats stimmte nicht gerade hoffnungsfroh.

„*Das Kennzeichen <KR> hat es in Deutschland, Österreich und sogar in Italien.*"

„*Ist nicht wahr, oder?*", sagte Vreni entsetzt und wandte sich noch einmal an Frau Waldvogel.

„*Auf den Nummerntafeln hat es links außen einen kleinen Buchstaben, der auf das Herkunftsland hinweist. Das ist <A> für Österreich, <D> für Deutschland und <I> für Italien. Welcher dieser Buchstaben war auf der Tafel des schwarzen Autos?*"

Ratlosigkeit machte sich auf dem Gesicht von Frau Waldvogel breit. Sie sah Vreni einfach nur an.

„*Haben Sie meine Frage gut verstanden?*", setzte Vreni nach, und Frau Waldvogel antwortete:

„Hätte ich das gewusst, dass das so wichtig ist, dann hätte ich genauer geschaut; aber so…"

„Das macht nichts, Frau Waldvogel", erwiderte Vreni, *„kommen wir jetzt zu der Person, die Sie im Auto gesehen haben. Können Sie mir die beschreiben?"*

Frau Waldvogel begann im Wirrwarr ihrer Erinnerung zu kramen und antwortete nach einiger Bedenkzeit:

„Es war eindeutig ein Mann."

„Das ist schön, Frau Waldvogel", sagte Vreni mit ruhiger Stimme, um die Zeugin bei Laune zu halten, *„was denken Sie, wie alt er war und wie er ausgesehen hat?"*

Die Schwere dieser Frage ließ Frau Waldvogel ihre Stirn ordentlich in Falten zu legen. Nach langem, intensivem Nachdenken kam dann die Antwort:

„So mittelalt, schätze ich, mittelgroß und ein Ausländer."

„Was lässt sie glauben, dass es sich bei dem Mann um einen Ausländer gehandelt hat?", fragte Vreni.

„Weil es ein Neger war", antwortete Frau Waldvogel mit fester Stimme, was darauf hinwies, dass sie dieser Rasse nicht gerade zugeneigt war.

„Aber farbige Menschen gibt es ja auch hier bei uns", erwiderte Vreni, was bei Frau Waldvogel lediglich ein Achselzucken auslöste.

„Ich hätte eine große Bitte an Sie", sagte Vreni, *„würden Sie zu uns kommen, damit wir ein Phantombild anfertigen und Ihnen Bilder von Automarken vorlegen können? Das wäre eine große Hilfe für uns."*

„Gibt es für so etwas auch eine Belohnung?", fragte Frau Waldvogel, und Vreni antwortete:

„Mal schaun, was da zu machen ist. Aber, ich denk schon."

Mit dieser Lüge verabschiedeten sich die beiden Kriminalisten, um zum Stützpunkt zurückzufahren. Zuvor wählte Vreni noch schnell die Nummer von Major Roth, um ihr mitzuteilen:

„Ich glaube, wir haben eine neue Spur."

*****

„Guten Morgen, mein Liebling, es gibt Frühstück."

Mit diesen Worten begrüßte Emilie die noch schlaftrunkene Freundin. Sie war schon vor ihr aufgestanden, um Frühstück aufs Zimmer zu bestellen.

Maximiliane stand auf und ging zum Fenster. Sie war nackt, was Emilie sogleich veranlasste, ihre Bedenken kundzutun:

„Wenn dich jemand sieht…"

„Wer soll mich denn sehen, mein Schäfchen", antwortete Maximiliane, *„irgendein Fischer auf dem See vielleicht? Und selbst wenn; ich finde, mein Körper kann sich durchaus sehen lassen. Oder bist du da anderer Meinung?"*

Emilie fühlte, wie ihr das Blut in den Kopf stieg. Sie musste an die vergangene Liebesnacht denken, in welcher Maximiliane sie wieder einmal auf den Gipfel der Lust geführt hatte.

Sie hätte sich - noch vor einigen Tagen - nicht im Traum vorstellen können, was der Mund und die Hände einer Frau bei ihr auszulösen vermochten. Und das mit einer unbeschreiblichen Zärtlichkeit.

„Das Wetter ist so schön", sagte Maximiliane, *„warum frühstücken wir nicht auf der Terrasse?"*

„Ich habe gedacht…"

Weiter kam Emilie nicht. Maximiliane unterbrach sie mit harschen Worten:

„Du hattest Angst, man könnte uns ansehen, dass wir zwei Lesben sind, oder?"

Der vorwurfsvolle Blick von Maximiliane schmerzte Emilie. Und als diese noch nachsetzte, indem sie ihre Liebe infrage stellte, begann Emilie zu weinen.

Maximiliane ging hin zu ihr und umarmte sie.

„Es tut mir leid, mein Schäfchen", sagte Maximiliane, streichelte und liebkoste Emilie so lange, bis diese zu weinen aufhörte.

„Es ist, weil ich so überhaupt keine Erfahrung habe", sagte Emilie, *„und ich hoffe, du bist mir deswegen nicht böse."*

„Bin ich nicht", antwortete Maximiliane, *„und jetzt zieh dich wieder aus, damit wir endlich frühstücken können."*

Emilie sah Maximiliane überrascht an. Sie hatte sich etwas angezogen, bevor sie das Frühstück bestellte, und sie verstand gerade nicht wirklich, warum sie sich jetzt wieder hätte ausziehen sollen.

„Nun mach schon!", sagte Maximiliane voller Ungeduld, *„ich will deinen wunderbaren Körper betrachten, während wir Nahrung aufnehmen. Und danach werde ich dich lieben."*

Noch während Emilie sich in einer Art Schockstarre befand, unfähig zu reagieren, begann Maximiliane plötzlich laut zu lachen.

"Das war ein Scherz, mein Schäfchen", sagte Maximiliane, *"du solltest dein Gesicht sehen; herrlich.*

Du darfst natürlich angezogen bleiben, und ich werde meinen sündigen Körper sogleich züchtig bedecken.

Aber nach dem Frühstück will ich dich. Ich werde dich mit meinen lüsternen Händen langsam entkleiden; Stück für Stück, und ich werde es genießen."

Emilie fühlte sich in diesem Augenblick wirklich hilflos wie ein kleines Schäfchen. Sie begann zu zittern, und mit jedem Wort, das Maximiliane sagte, stieg ihre Erregung.

Als sie später erschöpft nebeneinanderlagen, sagte Emilie:

"Es war wunderschön. Ich hätte nie gedacht, dass es etwas gibt."

"Das freut mich, mein Schäfchen", erwiderte Maximiliane, und Emilie fragte:

"Warum nennst du mich so?"

"Weil es gut zu dir passt", antwortete Maximiliane, *"du bist ein kleines Schaf mit zwei großen Flügeln."*

Emilie musste lachen. Sie sah ihre Freundin voller Liebe an und sagte:

„*Aber Schafe können doch gar nicht fliegen.*"

„*Wenn sie verliebt sind, dann schon*", erwiderte Maximiliane, schlang ihre Arme um Emilie und gab ihr einen Kuss.

Es war schon fast Mittag, als Maximilianes Telefon läutete. Maximiliane nahm das Gespräch entgegen. Es war ein kurzes Gespräch.

„*Das war Leutnant Keller aus St. Gallen. Es gibt eine neue, heiße Spur*", sagte Maximiliane, worauf Emilie fragte:

„*Dann brechen wir unsere Zelte hier ab?*"

„*Natürlich nicht*", antwortete Maximiliane, „*wir haben heute noch einen sehr wichtigen Termin.*"

„*In der hiesigen Dienststelle?*", fragte Emilie.

„*Lass dich überraschen*", antwortete Maximiliane, „*aber zuerst gehen wir shoppen.*"

„*Und was kaufen wir?*", fragte Emilie, worauf Maximiliane antwortete:

„*Sei nicht so neugierig; das wirst du dann schon sehen.*"

*****

Marthe Waldvogel saß beim Zeichner des Kommissariats, um mit ihm gemeinsam ein Phantombild des Mannes zu erstellen, den sie angeblich vor dem Haus des ermordeten Dr. Beat Heizmann gesehen hat.

Als die Zeichnung fertig war, und der Zeichner einen Ausdruck an Leutnant Keller übergeben hatte, war diese nicht wenig erstaunt.

„Auf dem Bild hat der Mann ja einen Bart", sagte sie zu der Zeugin, mit der sie im Befragungsraum zusammensaß.

„Ja, natürlich", erwiderte Marthe Waldvogel, *„genauso hat er ausgesehen."*

„Wieso haben Sie uns das nicht schon gesagt, als wir bei Ihnen waren?", fragte Leutnant Keller, worauf die Zeugin trotzig antwortete:

„Du hättest mich das ja fragen können."

Vreni überlegte, ob sie Marthe Waldvogel nahelegen solle, sie möge sie nicht duzen; ließ es aber sein. Sie befürchtete, dass die Zeugin vielleicht daraufhin ihre weitere Mithilfe verweigern könnte.

Wie recht sie damit hatte, zeigte sich umgehend, als Marthe Waldvogel erneut das Thema „Belohnung" aufs Tapet brachte.

„Das hängt sehr stark davon ab, wie sehr uns Ihre Angaben dabei helfen, den Täter zu fassen", sagte Vreni, *„aber ich denke, das wird schon."*

Marthe Waldvogel gab sich damit zufrieden, und Vreni fuhr mit der Befragung der Zeugin fort.

„Sie sagten bei unserem ersten Gespräch, dass es sich bei dem Mann um einen Farbigen gehandelt hat. War der Mann sehr dunkel oder eher nur mäßig?"

Vreni fiel auf, dass sie gerade vermieden hatte den Begriff „schwarz" zu verwenden. Das mit der „Political Correctness" ist gar nicht so einfach, dachte sie bei sich.

„Na ja", antwortete die Zeugin zögerlich, *„so ein richtiger Neger war er eigentlich keiner."*

„Was heißt das?", fragte Vreni, deren Zweifel ob der Verlässlichkeit dieser Zeugin gerade wieder stark ins Wanken gerieten.

„Es war eher mehr so ein Südländer", antwortete Marthe Waldvogel, *„du weißt schon. Männer, die immer braun gebrannt sind."*

„Meinen Sie vielleicht einen Italiener oder Spanier?", versuchte Vreni ihr Glück.

„Ja, genau", antwortete die Zeugin, *„so einer war das."*

Vreni nahm ihr Notebook und legte es vor Frau Waldvogel auf den Tisch. Sie hatte die Software eines Programmes aufgerufen, mit der man alle gängigen Automarken betrachten konnte.

Sie wies die Zeugin auf die ENTER-Taste ihres Notebooks hin und bedeutete ihr, sie möge diese drücken, um jeweils zum nächsten Bild zu gelangen.

Dann verließ sie den Raum mit den Worten:

„Ich lasse sie jetzt allein, und Sie betrachten in aller Ruhe die Bilder. Wenn Sie das Auto gefunden haben, das vor dem Haus des Doktors stand, dann drücken Sie nicht mehr auf diese Taste."

„Kann ich einen Kaffee haben und ein paar Kekse?", fragte Marthe Waldvogel, und Vreni versicherte der Zeugin, dass beides sofort gebracht werden würde.

Vreni begab sich in den Raum hinter dem Befragungszimmer zu ihrem Kollegen, Gustav Thoma, der den Vorgang die ganze Zeit über mitverfolgt hatte.

Nach einer geraumen Weile fragte sie ihn:

„Was denkst du, Gustav? Macht das überhaupt einen Sinn?"

Gustav sah zu der Frau, die genüsslich Kaffee trank und Kekse dazu aß, zuckte mit den Schultern und antwortete:

„Wissen tun wir es nicht; aber hoffen können wir schon, oder?"

In diesem Moment sahen sie Marthe Waldvogel wie wild mit ihren Armen herumgestikulieren. Sie rief etwas, das die beiden Kriminalisten erst verstehen konnten, als die den Lautsprecher aktivierten.

„Das ist das Auto", rief Marthe Waldvogel, *„ich weiß es ganz genau. Hört mich denn niemand?"*

Vreni eilte zurück in den Befragungsraum. Marthe Waldvogel deutete aufgeregt auf den Bildschirm.

„Das ist das Auto, das vor dem Haus des Doktors stand."

Auf dem Bildschirm war ein Jeep Cherokee zu erkennen.

„Wieso sind Sie sich so sicher, Frau Waldvogel?", fragte Vreni vorsichtig.

„Weil dieses <Jeep> auf der Autohaube stand", antwortete Marthe Waldvogel, voller Triumph in der Stimme und deutete auf den Bildschirm, auf welchem der Schriftzug des Wortes zu erkennen war.

„Das ist ja großartig, Frau Waldvogel", sagte Vreni, die sich von der Euphorie der Zeugin mitreißen ließ.

„Aber jetzt bekomme ich doch die Belohnung, oder?", fragte Frau Waldvogel, und Vreni antwortete, ohne die Spur seines schlechten Gewissens:

„Ich glaube schon."

*****

Maximiliane war mit Emilie in eine der nobelsten Boutiquen der Stadt gegangen. Sie ging auf eine Verkäuferin zu und sagte:

„Bringen Sie uns den weißen Hosenanzug aus der Auslage in Größe 38."

„Sehr gern, Madame", antwortete die Verkäuferin und fragte:

„Darf ich den Damen ein Glas Champagner anbieten?"

„Sie dürfen", antwortete Maximiliane.

„Zieh das bitte an", sagte Maximiliane zu Emilie, als die Verkäuferin mit dem gewünschten Kleidungsstück zurückkam.

„Woher wusstest du meine Kleidergröße?", fragte Emilie, als sie aus der Umkleidekabine heraustrat.

„Fragst du mich das ernsthaft, Schäfchen?", erwiderte Maximiliane lächelnd, während sie die Freundin begutachtete.

„Das passt dir zwar sehr gut", sagte Maximiliane weiter, *„aber die Farbe steht dir nicht."*

„Das ist überhaupt kein Problem Madame", kam die Verkäuferin eilig zu Hilfe, *„dieses Ensemble habe ich in verschiedenen Farben."*

„*Perfekt*", erwiderte Maximiliane, „*dann bringen Sie dieselbe Größe in Schwarz für meine Freundin, und in Größe 40 oder 42 in Dunkelrot für mich.*"

„*Sehr gern, Madame*", antwortete die Verkäuferin.

„*Da steht gar kein Preis drin*", flüsterte Emilie, die vergeblich danach gesucht hatte.

„*Frauen, die hierher shoppen kommen, fragen nicht nach dem Preis, Schäfchen*", antwortete Maximiliane.

„*So, hier habe ich einmal Größe 38 in Schwarz und die gewünschten Größen 40 und 42 in einem samtigen Weinrot*", sagte die Verkäuferin, „*ich darf es Ihnen in die Kabine hängen.*"

Als Maximiliane aus der Kabine kam, sagte sie zu der Verkäuferin:

„*Ich nehme Größe 42. Schicken Sie die Anzüge innerhalb der nächsten zwei Stunden in unser Hotel.*"

Dann ging sie zur Kasse, bezahlte die Rechnung, hinterließ Namen und Adresse, und sagte beim Verlassen der Boutique zu Emilie:

„*Ich probiere es immer wieder mit Größe 40, obwohl ich genau weiß, dass es nicht passt.*"

Beide Frauen lachten.

„Ich habe noch nie etwas so Elegantes getragen", sagte Emilie, „und schon gar keinen Hosenanzug. Aber hätten wir nicht auch eine Bluse für darunter kaufen sollen?"

„Nein, mein Schäfchen", antwortete Maximiliane, „das brauchen wir nicht; das wäre pure Verschwendung."

Den restlichen Nachmittag verbrachten die beiden Frauen mit Sightseeing. Von einigen Sehenswürdigkeiten stachen besonders die Kathedrale Notre-Dame und die Escaliers du Marche, eine überdachte Holztreppe aus dem Mittelalter heraus, die unterhalb der Kirche liegt.

Als der Abend kam, zogen sich die beiden Frauen ihre modischen Neuerwerbungen an, wobei Maximiliane viel Überzeugungsarbeit leisten musste, bevor Emilie ihr Oberteil anzog, mit nichts darunter, als der nackten Haut.

„Du siehst umwerfend aus", sagte Maximiliane, „ich glaube, ich muss heute Abend sehr gut auf dich aufpassen, dass dich mir keiner wegschnappt."

Das Lächeln von Emilie wirkte etwas verkrampft. Sie konnte sich durchaus so zeigen, denn ihr nicht allzu üppiger Busen vermochte sich einigermaßen gut zu verstecken, und der Stoff auf der nackten Haut fühlte sich äußerst angenehm an.

Im Gegensatz dazu – Maximiliane. Ihre beträchtliche Oberweite schaute keck hinter dem Stoff hervor und war ein Eyecatcher für jedermanns Auge.

„Lass uns den Abend rocken, Schäfchen", sagte Maximiliane, als sie wenig später das „L'Extase" betraten, *„und dass du mir ja treu bleibst."*

Emilie antwortete lachend:

„Jetzt und bis in alle Ewigkeit."

„Richtige Antwort, Schäfchen", erwiderte Maximiliane, welche ihrer Freundin fürsorglich ein paar Cognacs eingeflößt hatte, bevor sie aufgebrochen waren.

Und dann wurden die beiden Frauen dem Namen des Etablissements völlig gerecht. Sie gaben sich den wilden Rhythmen der Musik hin, während die Lichtreflexe wie gierige Hände unablässig nach ihren Körpern griffen.

Es waren Stunden vergangen, als ein schriller Pfiff das wilde Treiben unterbrach und viele Polizisten hereingestürmt kamen.

Mit dem lauten Ruf „das ist eine Razzia", forderten sie die Anwesenden auf sich auszuweisen.

Als sie vor Maximiliane und Emilie standen, wollte Emilie schon ihren Dienstausweis hervorholen, als sie Maximiliane davon abhielt.

„Ich erkläre es dir später", sagte sie und hielt Emilies Hand dabei festumschlungen.

Dies hatte jedoch zur Folge, dass die beiden Frauen in Gewahrsam genommen und auf die Wache gebracht wurden.

„Hallo Maxi, was machst du denn hier?"

Emilie staunte nicht schlecht, als ein Beamter der Lausanner Polizei auf sie zukam.

„Salü, Marcel", erwiderte Maximiliane, *„ich wollte dich nur einmal besuchen."*

„Nehmen Sie die Handschellen ab!", herrschte Hauptmann Marcel Müller seinen Untergebenen an, der die beiden Frauen hereingeführt hatte.

„Ist der Franzose da?", fragte Maximiliane, in Anspielung auf den Namen von Oberst Jaques Neville, dem Leiter der Dienststelle.

„Der Chef ist auf einem Vortrag in Berlin", antwortete Marcel, worauf Maximiliane erwiderte:

„Dann ist ja niemand da, der die Dienststelle leiten kann."

Hauptmann Müller lachte und sagte zu Emilie gewandt:

„Die war schon auf der Akademie so frech."

„Wir kennen uns schon ewig", ergänzte Maximiliane, *„ein ganz feiner Mensch. Nur schade, dass er keine Frau ist."*

Emilie errötete.

„Ganz ruhig, Schäfchen", sagte Maximiliane, *„Marcel weiß, wer und was ich bin."*

„Willst du mir nicht deine hübsche Begleiterin vorstellen?"

Als Marcel das fragte, ruhte sein Blick fest verhaftet auf Emilie.

„Das ist Wachtmeister Emilie Schneider. Sie arbeitet ausschließlich unter mir", sagte Maximiliane mit einem süffisanten Lächeln, was dazu führte, dass der Grad der Verlegenheit bei Emilie progressiv zunahm.

Die schlüpfrige Wortwahl von Maximiliane tat ihr weh; es passte nicht in Emilies Bild von Liebe.

„Freut mich trotzdem, liebe Emilie, und tragen Sie Ihr Schicksal mit Geduld", sagte Marcel und lächelte Emilie dabei zu.

„Wieso bist du mit deiner Freundin bei uns am See?", fragte Marcel, und Maximiliane antwortete:

„Es geht um einen alten Fall: Walti Sprenger, ein Mordopfer, das im Sommer letzten Jahres in Gaiserwald gefunden wurde."

„*Ich kann mich dunkel erinnern*", entgegnete Marcel, „*und was ist damit?*"

„*Es handelt sich wahrscheinlich um einen Serienmörder*", antwortete Maximiliane. „*Wir wollen die Akten der einzelnen Fälle noch einmal durchforsten.*"

„*Kann ich euch dabei helfen?*", fragte Marcel.

„*Sehr gern*", antwortete Maximiliane, „*suche uns für morgen alle Unterlagen heraus, die du dazu hast. Aber jetzt brauchen wir erst einmal eine Mütze Schlaf nach der aufregenden Nacht.*"

„*Du weißt aber schon, dass heute schon heute ist und nicht morgen*", erwiderte Marcel.

„*Jö, schau*", sagte Maximiliane zu Emilie, „*bei der Lausanner Polizei gibt es einen richtigen Witzbold.*"

Danach wandte sie sich an Marcel mit der Bitte, er möge für sie ein Taxi rufen.

„*Das kommt überhaupt nicht infrage*", erwiderte Marcel, „*es wird mir Ehre und Freude sein, die beiden Damen eigenhändig zu ihrem Hotel zu chauffieren.*"

„*Ja, wenn das so ist*", erwiderte Maximiliane, „*dann nehmen wir das gerne an. Bist ja doch ein ganz Lieber, oder?*"

*****

Durch die globale Vernetzung des Polizeiapparates konnte ein Mann ausgeforscht werden, auf den das Profil des Mannes passte, für den das Phantombild angefertigt worden war.

Giuseppe Bailoni, Italiener, 28 Jahre alt, vorbestraft wegen Körperverletzung in mehreren Fällen. Derzeitiger Aufenthaltsort unbekannt.

Als das Bild von Giuseppe Bailoni Frau Waldvogel vorgelegt wurde, erkannte sie zweifelsfrei den Mann mit dem Jeep vor dem Haus des Doktors.

Damit lösten sich die letzten Zweifel darüber auf, ob Frau Waldvogel eine Belohnung erhalten würde, denn eine solche war tatsächlich ausgerufen worden. Man musste den Mann jetzt nur noch fassen.

„Damit dürfte wohl klar sein, nach wem wir suchen", sagte Leutnant Vreni Keller, *„und das Autokennzeichen, welches Frau Waldvogel beschrieben hat, können wir Italien zuordnen. KR steht für Crotone."*

„Das passt nicht", sagte Wachtmeister Gustav Thoma, per se ein ausgewiesener Italienkenner und der Sprache des Landes mächtig. *„Der Italiener kennt kein <K>."*

„Irrtum, mein Lieber", erwiderte Vreni, *„ich habe mich schlaugemacht. Das <K> im Kennzeichen ist eine Notlösung der Behörde. Da bereits alle möglichen Kombinationen mit einem <C> als Anfangsbuchstaben vergeben waren, ist man auf das Kürzel*

<KR> ausgewichen, zumal der ehemalige Name der Stadt Crotone bei den Griechen <Kroton> lautete. "

Gustav war beeindruckt von der Ansprache seiner Kollegin, ließ es sich jedoch nicht anmerken und gab auch keinen Kommentar dazu ab. Stattdessen fragte er:

„Wie gehen wir jetzt weiter vor? "

„Wir werden zurück nach St. Moritz fahren und warten, bis die anderen wieder da sind. "

„Aber dem Major gibst du schon Nachricht darüber, oder? ", fragte Gustav, worauf Vreni antwortete:

„Das versteht sich von selber, oder? "

*****

„Magst du Schokolade? ", fragte Maximiliane.

„Sehr sogar", antwortete Emilie, *„aber wieso fragts du? "*

„Weil wir heute einen Ausflug mit der Eisenbahn machen", antwortete Maximiliane.

Emilie sah ihre Freundin erstaunt an.

„*Haben wir nicht ein Rendezvous mit dem hübschen Hauptmann?* ", fragte Emilie kokettierend.

„*Wen meinst du?* ", antwortete Maximiliane, „*ich kenne keinen hübschen Hauptmann.* "

„*Jetzt einmal ernsthaft* ", sagte Emilie, „*wir treffen uns doch mit Hauptmann Müller in die Dienststelle.* "

„*Nein, mein Schäfchen, das habe ich abgesagt* ", antwortete Maximiliane, „*stattdessen fahren wir in einem* „*Belle Époque-Waggon* " *des Schokoladenzuges am Genfer See entlang.* "

Jetzt verstand Emilie überhaupt nichts mehr.

„*Aber, das geht doch nicht* ", erwiderte sie entrüstet, „*das können wir doch nicht machen.* "

„*Können wir sehr wohl* ", antwortete Maximiliane, „*und ich erkläre dir auch gleich, warum.* "

„*Da bin ich aber gespannt* ", sagte Emilie, der die Geschichte nicht ganz geheuer vorkam.

„*Leutnant Keller hat mich aus St. Gallen angerufen. Sie wissen mit großer Wahrscheinlichkeit, wer unser Täter ist. Es gibt einen Zeugen.*

Damit können wir unsere Recherche hier beenden, und uns angenehmeren Dingen zuwenden. Ist das nicht toll? "

Emilie tat sich schwer damit, sich der Euphorie von Maximiliane anzuschließen.

„Deine Freude hält sich offenbar in Grenzen", sagte Maximiliane leicht enttäuscht, *„was ist los mit dir?"*

„Sollten wir nicht trotzdem das Meeting mit Hauptmann Müller einhalten?", fragte Emilie, worauf Maximiliane brüsk antwortete:

„Dann geh doch zu Marcel und rede mit ihm. Ich wünsche dir gute Unterhaltung. Ich werde mir einen schönen Tag mit recht viel Schoki machen."

So hatte Emilie ihre Freundin bisher noch nicht erlebt. Es schmerzte sie, dass Maximiliane sie dafür bestrafte, dass sie eine eigene Meinung vertrat.

Aber Maximiliane wischte es umgehend vom Tisch. Sie nahm Emilie in die Arme, gab ihr einen Kuss und sagte:

„Verzeih mir meinen Ausbruch, Schäfchen; es tut mir leid. Ich habe mich so sehr auf diesen Ausflug mit dir gefreut, und du willst lieber zu dem schönen Marcel."

Emilie musste lachen. Gegen Maximilianes Humor, der manchmal schon ein wenig grenzwertig war, vermochte sich Emilie einfach nicht zu wehren.

„Du hast ja recht", sagte Emilie, „es war dumm von mir. Aber jetzt erzähle mir von diesem ominösen Zug."

„Wir starten in Montreux und machen eine Panoramafahrt nach Gruyère. Während der Fahrt werden heiße Schokolade und ein köstliches Schoko-Croissant serviert.

In Vevey gibt es in der Altstadt ein unscheinbares Café, in dessen hinteren Räumen ein gewisser Blaise Poyet die wunderbarsten Kreationen aus Schokolade fertigt.

Aus ca. 6 Tonnen Schokolade entstehen pro Jahr, in Handarbeit und aus feinsten Zutaten, avantgardistische Köstlichkeiten, die auf der Zunge zerfließen.

Im Rahmen einer Führung werden wir Bekanntschaft machen mit Pralinen, die auf die Namen <Tom Yam>, <Sonnenaufgang>, <Lächeln aus Italien> und andere hören.

In Gruyère kommen wir dann zu der traditionsreichen Schoko-Fabrik <Cailler of Switzerland>, die zugleich die älteste in der ganzen Schweiz ist."

Als Maximiliane am Ende ihres beeindruckenden Vortrags war, applaudierte Emilie.

„Das klingt herrlich", sagte sie, „es macht mich glücklich, dass ich eine so kluge und schöne Freundin habe. Ich liebe dich, Maxi!"

„So hast du mich noch nie genannt, Schäfchen", sagte Maximiliane, *„es gefällt mir."*

Maximiliane bekam feuchte Augen. Sie hatte Mühe, ihre Tränen zurückzuhalten. Sie ging zu Emilie, umarmte sie, küsste sie und sagte:

„Versprich mir, dass du mich immer lieben wirst, Schäfchen. Ganz egal, was auch passiert. Versprichst du mir das?"

Maximilianes Blick war flehentlich, als sie das sagte. Emilie blickte in ihre tränennassen Augen und antwortete:

„Ich verspreche es."

*****

Als alle Teams wieder in St. Moritz zurück waren, begann die intensive Suche nach Giuseppe Bailoni, dem mutmaßlichen Mehrfachmörder.

Major Roth hatte zuvor ein Meeting anberaumt, um über die Berichte zu sprechen, welche die einzelnen Teams über ihre Recherche erstellt hatten.

„Mit großer Freude kann ich bekannt geben, dass die Arbeit der einzelnen Teams Früchte getragen hat. Besonders hervorheben darf ich an dieser Stelle die

Kollegen Keller und Thoma, die auf eine wichtige Spur gestoßen sind."

Kräftiger Applaus der versammelten Kollegen quittierten die Worte des Majors.

„Ich selbst habe mit Wachtmeister Schneider in Lausanne recherchiert. Wir haben mit dem dortigen stellvertretenden Dienststellenleiter, Hauptmann Müller und mit der Joggerin, die den Toten entdeckt hat, längere Gespräche geführt, was jedoch keine neuen Erkenntnisse mit sich brachte."

Emilie wurde beinahe schwindelig, als sie Maximiliane das sagen hörte. Die dreiste Lüge war Maximiliane derart leicht über die Lippen gegangen, dass Emilie schon bald selbst daran glaubte.

Maximiliane hatte Emilie kein einziges Mal dabei angeschaut, wohl aber die restlichen Kollegen. Emilie fragte sich, wie ein Mensch derart wandlungsfähig sein konnte.

Es war noch gar nicht lange her, da erlebte sie Maximiliane als eine weiche, anschmiegsame und humorvolle Frau, und nun? Tough, emotionslos und stringent.

„Die Befragung des Zeugen im Fall Reto Tobler war ja wohl eher auch ein Schuss in den Ofen", wandte sich Major Roth an Adjutant Heinrich Gredler mit einem feinen Lächeln.

„Nicht so ganz", übernahm Feldwebel Liselotte Menger die Antwort für ihren Kollegen.

„Inwiefern, Feldwebel Menger?", fragte Major Roth.

„Wir hatten ein sehr gutes Gespräch mit dem dortigen Gerichtsmediziner, Dr. Guido Baumann."

„Und weiter?", drängte der Major.

„Wir haben ihn gefragt, wie es möglich ist, dass man einen Menschen töten kann, ohne jegliche Gegenwehr."

„Nun, das hätten Sie mich auch fragen können, Feldwebel Menger", entgegnete Major Roth, *„dazu braucht man keinen Mediziner. Das weiß ja wohl jedes Kind. Alkohol oder Schlafmittel zum Beispiel."*

Feldwebel Menger fühlte sich gemaßregelt durch die Worte von Major Roth, und von der Art, wie sie gesagt wurden.

„Da haben Sie wohl recht, Frau Dr. Roth", erwiderte Liselotte Menger, *„ich frage mich nur, warum diese Möglichkeit nie von Ihnen thematisiert wurde."*

Die beiden Frauen sahen sich zornig an. Das war eine eindeutige Kriegserklärung einer Untergebenen an eine Vorgesetzte.

Emilie Schneider verstand ihre Freundin nicht. Es kam ihr nicht in den Sinn, warum Maximiliane so aggressiv war, und das seit ihrer Rückkehr aus Lausanne.

Alle im Raum befindlichen Kollegen harrten darauf, wer wohl zum nächsten Schlag ausholen würde. Es kam jedoch nicht dazu, weil die Tür aufging und Hauptmann Urs Burgener den Raum betrat.

„Ich störe doch hoffentlich nicht", sagte er mit seiner unnachahmlichen Art, *„aber ich glaube, ich habe da etwas für Sie, Major Roth."*

Mit diesen Worten legte er eine Mappe, mit der Aufschrift „Akte Köbi Hütter", genussvoll auf den Tisch.

„Was soll das?", fragte Major Roth in scharfem Ton, worauf Hauptmann Burgener antwortete:

„Nun, ich habe mir gedacht, Sie könnten etwas Hilfe gut gebrauchen.

Während Sie in Lausanne Urlaub gemacht haben, und ihre beiden anderen Teams andernorts unterwegs waren, habe ich meine Leute beauftragt, den noch verbleibenden Tatort aufzusuchen.

Und siehe da, es hat sich gelohnt."

Major Roths Gesicht verfärbte sich klar erkennbar in „zornesrot".

„Was erlauben Sie sich? Mit welcher Befugnis haben Sie das getan?"

„Mit dem Segen Ihres Chefs bei Fedpol"", antwortete Hauptmann Burgener.

„Ich habe ihn kontaktiert, um ihn zu fragen, ob die Unterstützung meinerseits für eine tüchtige Kollegin erwünscht wäre, und er hat begeistert JA gesagt."

Major Maximiliane Roth starrte den Hauptmann wie versteinert an, unfähig darauf zu reagieren.

Der Hauptmann nützte das, indem er noch eine weitere Portion Öl ins Feuer goss.

„Ach, Sie wussten das gar nicht? Das tut mir jetzt aber wirklich leid. Hauptsache ist jedoch, dass ich dazu beitragen kann, die Mordfälle zu lösen, oder?"

Das war eindeutig zu viel. Major Roth verließ augenblicklich die Stätte, an welcher ihr gerade die größte Schmach ihres Lebens zugefügt worden war. Und sie tat dies mit einem lauten Knall, als sie die Tür hinter sich zuzog.

„Ich nehme an, dass die noch Anwesenden ein Interesse an meinen Recherchen haben", sagte Hauptmann Burgener und reichte die Akte an Feldwebel Liselotte Menger, welche sie auch sofort freudig entgegennahm.

„Möchte jedoch noch jemand von euch den Raum verlassen, so soll er das gefälligst sofort tun", setzte der Hauptmann nach.

Emilie dachte für einen kurzen Moment daran, ihrer Freundin nachzugehen, ließ es aber sein. Ihre Verwirrung war einfach viel zu groß, um klar denken zu können.

*****

Akte Köbi Hütter

Köbi Hütter, 36, wohnhaft in Luzern, verheiratet, keine Kinder, Rechtsanwalt.

Köbi Hütter wurde am 29. Oktober in Luzern, aus dem Vierwaldstättersee tot geborgen. Er hatte sich im Netz eines Fischers verfangen.

Im Mund des Toten fand man einen Zettel:

Wer jemals tiefsten Schmerz empfindet,
und in sich birgt ein blutend` Herz,
zu Gipfeln höchsten Glückes findet;
denn wahres Glück entspringt dem Schmerz.
(K. Hoffmann)

Die Leiche war durch das Liegen im Wasser stark aufgedunsen. Als Todesursache wurde Strangulieren festgestellt. Tatwerkzeug war vermutlich ein Gürtel.

Es gibt keine Abwehrspuren, keine Fremd-DNA und keine äußerlichen Verletzungen.

*****

„Ich habe gerade mit Fedpol Bern telefoniert."

Mit diesen Worten unterbrach Major Roth Feldwebel Liselotte Menger, die gerade im Begriff war, aus der ominösen Akte vorzulesen, welche ihr Hauptmann Burgener überreicht hatte. Sie wandte sich unverzüglich an Hauptmann Burgener mit den Worten:

„Sie verlassen augenblicklich den Raum. Das Ganze wird noch ein Nachspiel für Sie haben. Und Feldwebel Menger nehmen Sie gleich mit. Sie gehört nicht mehr in mein Team."

Als die beiden den Raum verlassen hatten, schaute Maximiliane kurz zu Emilie. Enttäuschung lag in ihrem Blick.

„Ich weiß nicht, was den Hauptmann geritten hat", sagte Major Roth, *„es gab gar keine Autorisierung durch Fedpol. Der Mensch leidet ganz offenbar an Wahnvorstellungen."*

Maximilianes Gesicht hatte wieder einen normalen Farbton angenommen, und ihre Souveränität war zurückgekehrt.

„Lassen Sie uns unsere Arbeit wieder aufnehmen; es gibt genug zu tun.

Als erstes werden wir – unter Einbeziehung von Europol – die Fahndung nach Giuseppe Bailoni in die Wege leiten.

Als Nächstes bitte ich die Teams ihre Berichte zu koordinieren. Das heißt, Zeugenbefragungen noch einmal durchgehen und Gemeinsamkeiten herausfiltern.

Danach werde ich Ihnen meine Meinung als Profilerin dazu sagen und mit Ihnen darüber diskutieren.

Letzteres machen wir gleich morgen in der Früh. Ich danke Ihnen und wünsche frohes Schaffen!"

Maximiliane wandte sich danach an Emilie mit den Worten:

„Wachtmeister Schneider, ich brauche Sie. Kommen Sie bitte mit!"

*****

Als Emilie von der Via Chavallera in die Via Suvretta einbog, hatte sie schon einen Verdacht. Maximiliane hatte sie dorthin dirigiert, ohne ihr den genauen Ort bzw. Ziel ihrer Fahrt zu benennen.

Aber das Ziel konnte nur Suvretta sein, wo viele Reiche ihr Domizil haben. Und dass Maximiliane nicht zu den Armen gehörte, hatte sie ihr ja schon offenbart.

Die Fahrt war bis hierher mehr oder weniger schweigend verlaufen. Emilie fürchtete sich davor, was Maximiliane ihr eventuell sagen könnte; dennoch brach sie jetzt das Schweigen.

„Wo soll die Reise hingehen?", startete sie den Versuch einer belanglosen Frage, der jedoch kurz und knapp abgeschmettert wurde.

„Das wirst du schon sehen", antwortete Maximiliane, *„fahr einfach nur weiter geradeaus."*

Als Emilie den Motor abstellte, sah sie die Bestätigung ihrer Vorahnung in Form eines Chalets. Es befand sich in Suvretta, dem Beverly Hills der Alpen, wo ein Normalsterblicher nie hinkommt.

Dieses wunderschöne Fleckchen Erde liegt ca. zwei Kilometer westlich von St. Moritz, am Südosthang des Piz Nair Pitschen, unterhalb des Wintersport- und Wandergebiets Suvretta-Corviglia.

„Schau nicht wie die Kuh, wenn 's donnert, und steig aus!"

Mit dieser charmanten Aufforderung riss Maximiliane ihre Freundin aus ihrer scheinbaren Schockstarre.

Emilie folgte Maximiliane ins Haus. Eine ältere Frau hatte ihnen bereits die Tür geöffnet.

Mit den Worten *„vielen Dank, Frau Spyri und bis morgen"*, verabschiedete Maximiliane dieselbe und überreichte ihr noch einen Umschlag, bevor sie das Haus verließ.

„Frau Spyri schaut nach dem Rechten, wenn ich nicht da bin, und verdient sich so noch ein bisschen was dazu", erklärte Maximiliane ihrer Freundin das Geschehnis.

Emilie sah sich um. Was sie zu sehen bekam, kannte sie bisher nur aus Filmen. Ein großer Raum mit viel Holz und mit wunderschönen, rustikalen Möbeln. Aber das Tollste war ein riesiger Kamin, in welchem das Feuer brannte und die laut knisternden Holzscheite ein Willkommenskonzert veranstalteten.

„Das ist ja wie im Märchen", entfuhr es Emilie begeistert, *„und das gehört alles dir?"*

„Ja, Schäfchen", antwortete Maximiliane, *„ich freue mich, dass es dir gefällt."*

„Sehr sogar", antwortete Emilie, die ebenso sehr darüber erstaunt war, dass Maximiliane, seit ihrem Eintreffen, wie verwandelt war.

Es kam Emilie vor, als wäre ihre Liebste nicht mehr die, die sie noch vor wenigen Minuten gewesen war. Gerade so, als hätte Maximiliane ihre raue Haut abgestreift, um sie gegen eine samtweiche auszutauschen.

Sie umarmte Maximiliane, drückte sie ganz fest und flüsterte:

„Ich liebe dich so sehr, und ich bitte dich, verzeih mir!"

„Was soll ich dir verzeihen, Schäfchen?", fragte Maximiliane, und Emilie antwortete:

„Ach nichts."

War es eine generöse, liebevolle Geste oder einfach nur Vergesslichkeit, dass Maximiliane Emilie nicht darauf ansprach, als diese aus Angst und Feigheit nicht zu ihr gestanden war, als Maximiliane von Hauptmann Burgener brüskiert und gedemütigt wurde?

Emilie beschloss nicht weiter danach zu fragen und sich stattdessen lieber zu freuen.

„Hast du Hunger?", fragte Maximiliane, und bevor Emilie darauf antworten konnte, fuhr Maximiliane fort:

„Wie ich Frau Spyri kennen, hat sie schon etwas vorbereitet. Ich schau mal kurz in die Küche."

Als sie kurz darauf zurückkam, trug sie ein Tablett vor sich her, beladen mit einer Fondue-Garnitur.

„Magst du Fondue?", fragte Maximiliane.

Emilies Augen wurden groß und größer, und mit einem heftigen Kopfnicken bejahte sie Maximilianes Frage.

Nach dem Essen setzten sich die beiden Frauen an den Kamin. Maximiliane hatte zwei Cognacschwenker mit reichlichem Inhalt gebracht.

Nachdem sie mit Emilie angestoßen hatte, sah sie ihre Freundin lange an, bevor sie sagte:

„Ich werde dir jetzt eine Geschichte erzählen und ich bitte dich, mich nicht zu unterbrechen, bis ich zu Ende bin."

Danach wandte sie ihren Blick von Emilie ab, hin zu den lodernden Flammen im Kamin.

„Ich wurde mit einem goldenen Löffel im Mund geboren, der mir bis heute ein privilegiertes Leben beschert.

Mein Vater war über 50 Jahre alt, als er sich eine wesentlich jüngere Frau genommen hat, meine Mutter. Sie war zuvor seine Sekretärin in einer Fabrik, welche meinem Vater gehörte.

Ein Mann, der so spät heiratet, obwohl er vermögend ist und blendend aussieht, heiratet nicht aus Liebe. Bei meinem Vater traf das auch zu. Es ging nur darum, einen Nachfolger für die Fabrik zu zeugen.

Dass der Erbe dann ein Mädchen wurde, enttäuschte meinen Vater sehr. Er ließ es anfänglich meine Mutter jeden lieben, langen Tag spüren und später auch mich.

Ich kann mich auch nicht erinnern, dass er mich jemals auf dem Arm genommen oder mir liebe Worte gegeben hätte.

Bei meiner Geburt ist etwas sehr Schlimmes passiert. Meine Mutter erlitt einen Genitaldescensus Grad 3, das ist eine Absenkung der Gebärmutter.

Dadurch war sie für meinen Vater kein Lustobjekt mehr, was er sie eindeutig spüren ließ. Er degradierte meine Mutter mehr oder weniger von der Ehefrau zur Hausdame.

Ich habe das erst viel später mitbekommen, als ich miterlebte, wie mein Vater seine Gespielinnen mit nach Hause brachte, und meine Mutter sie bedienen musste.

Meine Mutter hat das still erduldet, weil sie mir nicht das Zuhause nehmen wollte.

Was ich jedoch nicht mitbekam, war, dass mein Vater meine Mutter schlug. Er tat das nie in meinem Beisein. Ich habe es erst bemerkt, als ich meine Mutter versehentlich in der Badewanne überraschte und ihre blauen Flecken am Körper sah.

Als ich sie darauf ansprach, hat sie es zunächst geleugnet, aber nachdem ich keine Ruhe gab, hat sie mir davon erzählt.

Sie stellte sich als Schuldige dar und sah meinen Vater in einem völlig verklärten Licht. Ich konnte es damals nicht verstehen, und ich kann es auch heute nicht.

Meine Mutter begann irgendwann, sich in den Alkohol zu flüchten, was die Situation noch verschlimmerte.

Es folgten schlimme Szenen voll verbaler und körperlicher Gewalt, die von Mal zu Mal heftiger wurden, und deren Abstände sich immer mehr verkürzten.

Dann kam der 13. Mai. Meine Mutter verunfallte. Sie fuhr mit dem Auto gegen einen Baum und war sofort tot.

Es stellte sich heraus, dass sie nicht angeschnallt war, und dass – außer reichlich Alkohol – auch ein Hypnotikum im Spiel war.

Offiziell wurde jedoch technisches Versagen des Fahrzeugs angegeben, den Beziehungen meines Vaters sei Dank!

Die Beerdigung wurde zu einem pompösen Akt. Ein Meer von Kränzen bedeckte den Sarg, und die Menge, der Beileid bezeugenden Freunde und Bekannten, war riesig.

Das Makaberste der Geschichte jedoch war das Verhalten meines Vaters. Er brach am Grab, unter heftigen Weinkrämpfen, zusammen. Und das war sogar echt.

Von dieser Stunde an war mein Vater wie verwandelt, und das betraf in erster Linie mich.

Ich war damals 14 Jahre alt, und bis zu diesem Zeitpunkt für meinen Vater gar nicht vorhanden. Das sollte sich schlagartig ändern.

Er besann sich urplötzlich darauf, dass er eine Tochter hatte, und er machte das mit allen erdenklichen Mitteln auch kund.

Ein <wie geht es dir, mein Schatz> hier, ein <wollen wir etwas Tolles gemeinsam unternehmen?> da, und die Welt war mit einem Schlag wieder in Ordnung.

Aber nicht für mich. Mein Hass auf diesen Menschen war wie ein unüberwindbares Gebirge. Ich hatte es in so vielen Jahren angehäuft, dass mein Vater niemals imstande dazu gewesen wäre, es in wenigen Tagen, Wochen, ja selbst Jahren wieder abzutragen.

Ich stand vor einer wichtigen Entscheidung: Es ihn spüren zu lassen oder sein Spiel mitzuspielen, das im Grunde genommen ja gar kein Spiel war. Seine Gefühle konnte man durchaus als echt bezeichnen, so skurril das auch scheinen mag.

So vergingen die nächsten Jahre in scheinbarer Harmonie und gegenseitiger Liebe.

Man sagt, alle Schuld würde sich auf Erden rächen. So zumindest habe ich das schon einmal gehört.

Bei meinem Vater schien es zuzutreffen. Ich war gerade 18 Jahre alt geworden, als mir mein Vater eröffnete, er sei an Alzheimer erkrankt.

Ich vermochte meine Freude darüber kaum zu verbergen, hatte mir doch das Schicksal ein wunderbares Geschenk zu meiner Volljährigkeit beschert.

Die Folge davon war, dass mir, nur ein Jahr später, die Firma überschrieben wurde. Jetzt saß ich im Zentrum der Macht, und ich genoss es.

Das Gedächtnis des Tyrannen verabschiedete sich peu à peu, und es dauerte auch nicht lange, bis ich ihn in ein Heim abschieben konnte.

Danach legte ich die Geschicke der Firma in die Hände eines bewährten Mitarbeiters, damit ich, frei wie ein Vogel, in die Welt hinausziehen konnte.

Ich wanderte aus nach New York und nistete mich bei der Art Menschen ein, bei denen Geld keine Rolle spielt. Ich wurde Mitglied der Upperclass.

Dort traf ich auf alles, was die menschliche Natur hervorzubringen vermag: Politiker, Wirtschaftstreibende, Künstler, kurzum, Menschenkinder mit dem Hang zur Gaunerei und Korruption.

Was ich dort nicht fand, das waren Ehrenmänner. Aber das machte mir nichts aus. Ich genoss es eine Weile, bis ich – dessen überdrüssig – mein Psychologie-Studium begann.

Ich hatte meinen loyalen Mann in der Firma zuhause beauftragt, mir regelmäßig Geld nach New York zu transferieren, was dieser auch verlässlich tat.

Was ich nie für möglich gehalten hätte, traf ein. Ein Heimweh unbeschreiblichen Ausmaßes ergriff mich, und es war so stark, dass ich mein Studium noch vor dem Ende abbrach, um nach Hause zurückzukehren.

Zuvor besorgte ich mir aber noch falsche Papiere und nahm eine neue Identität an, nebst falschem Doktortitel, was durch meine guten Beziehungen nicht schwer war."

Maximiliane hielt inne, den Blick noch immer starr auf die lodernden Flammen des Kaminfeuers gerichtet.

Emilie hatte gebannt zugehört. Fragen über Fragen türmten sich vor ihr auf, und sie konnte nicht umhin, zu sagen:

„Wer bist du?"

„Geduld, mein Schäfchen", antwortete Maximiliane, *„dazu komme ich schon noch."*

Sie hatte inzwischen ihren Blick vom Feuer abgewandt und schaute ihrer Freundin ins Gesicht. Dann fuhr sie fort.

„Ich war nun im Besitz von zwei Identitäten. Mit meiner alten verkaufte ich die Firma, und mit der

neuen legte ich den größten Teil des Geldes in Immo-
bilien an.

Der nächste Schritt war meine äußere Verände-
rung. Ich ließ einige Schönheitsoperationen vorneh-
men, änderte mein Erscheinungsbild und bewarb mich
bei der Polizei.

Den Verlauf meiner beruflichen Karriere erspare
ich dir, Schäfchen, das ist nur langweilig. Aber jetzt
zu deiner Frage. Wer bin ich?"

Maximiliane machte eine Pause. Emilie starrte
ihre Freundin erwartungsvoll an. Ihr ganzer Körper
wurde in einer solchen Spannung gehalten, dass er
schier zu zerspringen drohte.

Und dann endlich die Erlösung: Maximiliane lüfte-
te das Geheimnis:

„Mein richtiger Name ist Anna-Maria Wildhaber,
Tochter von Hermann Wildhaber und Evi Wildhaber,
geborene Roth."

Emilie hielt den Atem an. Was ihre Freundin ihr
soeben offenbart hatte, war so ungeheuerlich, dass
Emilie zu hyperventilieren begann.

„Vergiss nicht zu atmen, Schäfchen", sagte Maximiliane, *„nicht, dass du mir noch erstickst."*

„Sind das die Wildhaber-Werke?", fragte Emilie,
als sie wieder einigermaßen bei Atem war.

Maximiliane nickte. Sie sah Emilie ängstlich an, denn der Gedanke, sie könnte sie verlieren, bohrte sich gerade tief in ihre Seele.

„Was denkst du?", fragte Maximiliane, *„kannst du mich dennoch weiter lieben?"*

„Ich habe dir doch schon einmal gesagt, ich werde dich immer lieben", antwortete Emilie, *„auch wenn ich gerade nicht weiß, wo oben und unten ist. Deine Lebensbeichte ist wie eine riesige Lawine, die auf mich zurollt und mich zu verschlingen droht."*

„Das werde ich verhindern, mein Schäfchen", erwiderte Maximiliane mit tränenerstickter Stimme, *„ich werde dich mit meinen eigenen Händen ausgraben."*

Maximiliane ging zu Emilie und küsste sie. Sie wiederholte immer wieder dieselben Worte: *„Ich liebe dich, ich liebe dich, ich liebe dich!"*

Dann zeigte sie auf das große Eisbärfell, welches vor dem Kamin lag und fragte Emilie:

„Weißt du, was das ist, Schäfchen?"

„Natürlich weiß ich das", antwortete Emilie.

„Und weißt du auch, wie wunderbar weich sich das auf der Haut anfühlt?"

Emilie fühlte eine leichte Gesichtsröte aufsteigen.

„Du wirst ja rot, Schäfchen", sagte Maximiliane, *„ach, wie süß."*

„Du bist ein Scheusal, Maxi", erwiderte Emilie, worauf Maximiliane antwortete.

„Das Scheusal wird dich jetzt ausziehen und dich auf diesem wunderbar weichen Bärenfell lieben."

Maximiliane begann Emilie zu entkleiden, und Emilie gab sich willig ihrer wild aufbrandenden Erregung hin.

Mit zittrigen Händen begann sie nun ihrerseits die Kleider von Maximiliane zu lösen.

Und dann erlebten die beiden Frauen einen Liebesakt, der sie hinausführte aus der Wirklichkeit, um sie in die unbegrenzte Landschaft der Fantasie zu leiten, begleitet von einer Sinfonie knisternder Holzscheite und flüsternder Flammen.

„Könntest du dir vorstellen, mit mir in ein Land zu kommen, weit weg von hier und der Engstirnigkeit der Menschen?", fragte Maximiliane, und Emilie antwortete:

„Mit dir bis ans Ende der Welt."

„Ich hatte eher an die Südsee gedacht, an herrliche Strände und glasklares Wasser. Und wo das Wort <Aloha> nicht nur <Hallo> sondern auch <Liebe> bedeutet", erwiderte Maximiliane.

140

„Dort könnte es mir auch gefallen", sagte Emilie lachend, *„und wann soll es losgehen?"*

„Wer weiß, Schäfchen", antwortete Maximiliane, *„vielleicht schon eher, als du denkst."*

*****

Es herrschte euphorische Stimmung, als Leutnant Vreni Keller freudig verkündete, dass Giuseppe Bailoni in Boccadifalco, nahe Palermo, gefasst wurde.

Er wollte am dortigen Flughafen gerade in eine kleine Sportmaschine einsteigen, als die Polizei ihn verhaftete. Hinweise aus der Bevölkerung hatten dazu geführt.

Die Überstellung in die Schweiz sollte schon in den nächsten Tagen erfolgen.

Emilie wunderte sich, dass Maximiliane noch nicht anwesend war. Sie hatten noch gemeinsam gefrühstückt, bevor Emilie mit dem Auto vorausfuhr.

Maximiliane hatte noch etwas zu erledigen, wollte aber danach mit dem Taxi nachkommen.

„Wo ist Major Roth?", fragte eine Stimme, und Leutnant Keller antwortete:

„Sie hat mich angerufen und gesagt, sie käme etwas später.“

Emilie wunderte sich erneut, denn inzwischen waren schon mehr als zwei Stunden vergangen. Sie ging kurz hinaus und wählte Maximilianes Nummer.

Als sich nur die Mailbox meldete, überlegte Emilie kurz, zu Maximiliane hinzufahren. Sie entschloss sich jedoch, noch eine Zeit lang zu warten.

*****

Maximiliane saß am Tisch, trank Kaffee und aß genüsslich ein Stück Kuchen, als Frau Spyri hereinkam und sagte:

Draußen steht ein Kollege von Ihnen und fragt, ob er Sie sprechen kann. Er heißt Burgener.

„Bitten Sie ihn herein“, antwortete Maximiliane, *„ich habe den Herrn schon erwartet. Danach können Sie gehen; ich brauche Sie heute nicht mehr. Und vielen Dank für den feinen Kuchen!“*

Hauptmann Urs Burgener trat ein, bewaffnet mit einem breiten Grinsen, das wohl seinen Triumph verkörpern sollte, den er in diesem Moment verspürte.

„Grüß Gott, Frau Kollegin“, sagte Urs Burgener mit jovialem Ton, *„heute keine Lust zu arbeiten?“*

Maximiliane nahm einen Schluck aus ihrer Kaffeetasse, setzte sie danach ab und antwortete:

„Ich würde Ihnen ja gern eine Tasse Kaffee und ein köstliches Stück Kuchen anbieten, aber Sie bleiben sicher nicht lange. Habe ich recht?"

Statt einer Antwort griff der Hauptmann in seine Tasche und holte ein Blatt Papier hervor.

„Ich nehme an, Sie werden mir ein Gedicht vortragen, oder? Wie aufmerksam von Ihnen."

„Sie glauben wohl, Sie sind besonders schlau", antwortet der Hauptmann, *„aber Sie irren sich. Ich habe Sie längst durchschaut."*

„Jetzt beginnen Sie mich zu langweilen, Burgener", antwortete Maximiliane, *„ich werde mein Stück Kuchen noch zu Ende essen; aber dann muss ich los."*

„Sie haben recht", antwortete der Hauptmann, *„Sie werden losgehen, und zwar mit mir. Aber vorher können Sie mir noch einen Kaffee eingießen. Danach werde ich Ihnen eine äußerst interessante Geschichte erzählen."*

Maximiliane stand auf, ging zu einer Vitrine, um ein Gedeck herauszunehmen. Sie ging damit zum Hauptmann und stellte es vor ihm ab.

Urs Burgener griff spontan zu seiner Waffe, als Maximiliane ihm bedrohlich nahekam.

„*Aber, aber*", sagte Maximiliane lachend, „*Sie haben ja Angst. Fürchten Sie, ich könnte Sie mit der Kaffeetasse erschlagen?*"

„*Das Lachen wird Ihnen gleich noch vergehen, Frau Doktor*", erwiderte der Hauptmann und nahm seine Hand wieder weg von seiner Waffe.

Während Maximiliane Kaffee eingoss, wedelte der Hauptmann heftig mit dem Blatt Papier herum.

„*Wissen Sie was das ist?*", fragte er in einem süffisanten Tonfall.

Maximiliane tat, als denke sie nach und antwortete dann:

„*Ihre letzte Gehaltsabrechnung, oder ist es eher Ihre Kündigung wegen Insubordination und Unfähigkeit?*"

Hauptmann Burger musste sich sehr beherrschen, weil sein Auftritt nicht wie geplant verlief.

„*Milch, Zucker?*", fragte Maximiliane, worauf der Hauptmann antwortete:

„*Ohne Zucker und Milch. Ich möchte ihn schwarz wie Ihre verderbte Seele.*"

„*Aber vielleicht ein Stück von diesem köstlichen Kuchen?*", fragte Maximiliane weiter.

Hauptmann Burgener wurde zusehends unsicherer. Er vermochte das Verhalten seines Gegenübers einfach nicht einzuordnen.

Er griff zu der Tasse und nahm einen großen Schluck.

„Vorsicht, mein Lieber", spielte Maximiliane die besorgte Gastgeberin, *„nicht, dass Sie sich noch verbrennen."*

Der Hauptmann setzte die Tasse ab, hielt Maximiliane das Stück Papier entgegen und sagte:

„Das ist der pathologische Bericht aus Lugano. Und wissen Sie, was da drinsteht?"

„Noch nicht, mein Lieber", antwortete Maximiliane, *„aber vielleicht haben Sie ja die Freundlichkeit und lesen es mir vor."*

„Da steht", begann Hauptmann Urs Burgener ganz langsam und genüsslich, *„dass unter den Fingernägeln von Paolo Zamperoni fremde DNA gefunden wurde."*

„Interessant", sagte Maximiliane und fragte:

„Möchten Sie noch Kaffee?"

Hauptmann Burgener wollte Maximiliane die inzwischen leere Tasse entgegenhalten, als sie ihm aus der Hand glitt.

„Das macht doch nichts", erwiderte Maximiliane, nachdem der Hauptmann versucht hatte, das Wort „Entschuldigung" über seine Lippen zu bringen, was ihm jedoch sichtlich schwerfiel.

„Wer sind Sie?"

Diese Frage zu stellen, kostete den Hauptmann alle Kraft. Er starrte Maximiliane voller Entsetzen an. Seine Muskeln begannen zu zucken und seine Augen irrten wie wild hin und her.

„Ich bin Ihr Schicksal, Herr Hauptmann", antwortete Maximiliane.

Hauptmann Burgener wollte aufspringen; aber sein Körper gehorchte nicht mehr. Maximiliane setzte sich jetzt ganz dicht vor ihn hin und sagte:

„Keine Angst, Burgener, du wirst nicht sterben. Deine Muskelstarre wird sich wieder lösen. Du wirst dich danach noch eine Zeit lang nicht an den Namen deiner Großmutter erinnern; aber auch das wird wieder.

Ich habe dir Ketamin verabreicht. Das ist ein Analgetikum[7], welches in der Tiermedizin zur Anwendung kommt. Also für Rindviecher, wie du eines bist.

Es ist dasselbe Mittel, mit dessen Hilfe ich fünf Menschen getötet habe, weil sie Monster waren und den Tod verdient haben.

---

[7] Narkose- und Schmerzmittel

Mehr wirst du jedoch nie erfahren, denn ich werde dich jetzt verlassen und ein neues, besseres und schöneres Leben beginnen.

Und bilde dir ja nicht ein, dass du mich finden wirst. Dazu hast du einfach nicht das Format."

Urs Burgener saß einfach nur da, gefangen in einem Dornröschenschlaf, jedes Wort verstehend; jedoch unfähig, darauf zu reagieren.

"Da kommt mein Taxi", sagte Maximiliane, als sie das Geräusch des herannahenden Helikopters hörte.

Sie nahm einen Zettel, heftete ihn mit einer Sicherheitsnadel an das Hemd von Hauptmann Burgener und sagte:

"Ich habe noch ein kleines Geschenk für dich."

Danach klopfte sie ihm auf die Schulter, holte eine Tasche aus dem Nebenraum und verließ das Haus.

Das Letzte, das der Hauptmann hörte, war das Abheben des Helikopters. Danach wurde er ohnmächtig.

Etwa eine Stunde später kamen seine Kollegen, welche Maximiliane verständigt hatte, um ein Häuflein Elend zu befreien und den Zettel zu lesen, der an seiner Brust hing.

*****

Geständnis:

Ich, die Unterzeichnete, Major Dr. Maximiliane Roth, gestehe hiermit die Morde an:

Köbi Hütter in Luzern
Reto Tobler in Zürich
Beat Heizmann in St. Gallen
Walti Sprenger in Lausanne
und Paolo Zamperoni in Lugano

Die 4 Erstgenannten habe ich mit Ketamin bewegungsunfähig gemacht, bevor ich sie mit einem Gürtel meines Vaters erdrosselt habe.

Paolo Zamperoni habe ich aus Zwecken der Irreführung ermordet. Er gehörte nicht zum Kreis der anderen Opfer. Paolo Zamperoni war unheilbar krank, was meine Tat in einem etwas milderen Licht erscheinen lässt. Ich habe seiner Witwe einen größeren Geldbetrag zukommen lassen.

Was jedoch die Herren Hütter, Tobler, Heizmann und Sprenger betrifft, so waren diese schlechte Menschen, welche keinerlei Achtung und Respekt gegenüber dem weiblichen Wesen gezeigt haben.

Ihre Tötung habe ich als Rache für meine Mutter begangen, welche durch die lieblose, kränkende und gewaltsame Behandlung durch meinen Vater in den Tod getrieben wurde.

Nicht nur, dass er meine Mutter schlecht behandelt hat, ist er auch mir von Kindesbeinen an mit Verachtung begegnet.

Ich bin bekennende Lesbe, was vielleicht durch den Hass, welchen ich gegenüber Männern empfinde, genährt wurde.

Ich habe die Morde ohne Hilfe anderer begangen, und ich bereue keinen einzigen davon.

Giuseppe Bailoni ist somit freizulassen, denn er ist unschuldig. Was seinen Aufenthalt vor dem Haus von Dr. Heizmann betrifft, welchen Frau Waldvogel richtigerweise bezeugt hat, so geschah dies deshalb, weil er der Liebhaber von Frau Heizmann war.

Jedes Mal, wenn Dr. Heizmann angeblich auf einem seiner unzähligen Kongresse war, kam Giuseppe Bailoni, um die verwaiste Gattin zu trösten.

Dr. Heizmann war ein Lügner und Betrüger, ebenso wie die anderen Herren, deren Vergehen sich im Rahmen von Ehebruch, häuslicher Gewalt bis hin zu Pädophilie bewegten.

Ich entschuldige mich bei meinem Team, das hervorragend gearbeitet hat. Mich als Täter zu entlarven war unmöglich, denn alle Spuren, die ich gelegt habe, waren irrelevant und nicht nachvollziehbar. Selbst der Spruch auf dem Zettel im Mund der Opfer war ohne jede Bedeutung.

Hätte ich mich bei Paolo Zamperoni nicht mit der Dosierung geirrt, wäre das Malheur nicht passiert. Er war nicht völlig bewusstlos und hat mich an den Armen mit seinen Fingernägeln gekratzt, wodurch kleine Hautpartikel sich dort einlagerten.

Somit habe ich DNA hinterlassen, mit deren Hilfe mich Hauptmann Burgener zu überführen können glaubte. Er hat jedoch zwei wichtige Fehler dabei begangen.

1. Er hätte bei Fedpol nicht nach meiner Personalakte fragen sollen, denn die haben mir das umgehend mitgeteilt, wodurch ich vorgewarnt war.

2. Er hätte sich nicht überschätzen und mich unterschätzen sollen.

Durch mein Studium der Psychologie konnte ich Hauptmann Burgener lesen wie ein Buch. Ich wusste, oder zumindest war ich mir sicher, dass seine Eitelkeit ihn zu dem folgenschweren Fehler verleiten würde.

Hätte er weitere Beamte mitgebracht, um mich festzunehmen, wäre ich gezwungen gewesen, umzudisponieren, was sich als äußerst schwierig gestaltet hätte.

Wenn Sie das gelesen haben, können sie natürlich sofort eine Ringfahndung auslösen, sowie sämtliche Bahnhöfe und Flughäfen überwachen.

Aber, glauben Sie mir, das wird wenig Sinn haben.

Liebe Grüße, und seien Sie mir bitte nicht böse!

Dr. Maximiliane Roth, Major a.D.

*****

Giuseppe Bailoni wurde erst gar nicht an die Schweiz ausgeliefert. Er wurde in Italien enthaftet, denn eine andere Straftat, als die ihm irrtümlich vorgeworfene, stand zu dieser Zeit nicht im Raum.

Hauptmann Burgener ließ sich - auf eigenen Wunsch – versetzen. Die nie laut ausgesprochene Häme seiner Kollegen konnte er nicht ertragen.

Wachtmeister Emilie Schneider fiel vorübergehend in eine tiefe Depression und wurde dienstuntauglich geschrieben.

Als Wochen später Post kam, und Emilie ein Flugticket vorfand, das sie in die Südsee bringen sollte, fand eine wundersame Sofortheilung statt.

Und als sie auf dem Zettel, der ebenfalls in dem Kuvert steckte, das Wort „Aloha" las, begann Emilie vor Glück zu weinen.

Das mit den Morden war zwar schlimm; aber das sollte Maximiliane zu gegebener Zeit mit einer höheren Instanz ausmachen.

Emilie schloss ihre Augen und sah das Bild ihrer Liebsten vor sich, die vor vielen Wochen mit einer blonden Perücke, einer Sonnenbrille und einem amerikanischen Pass – ausgestellt auf den Namen Anna-Maria Wildhaber - ins Flugzeug gestiegen war, um in die Sonne zu fliegen…

*****